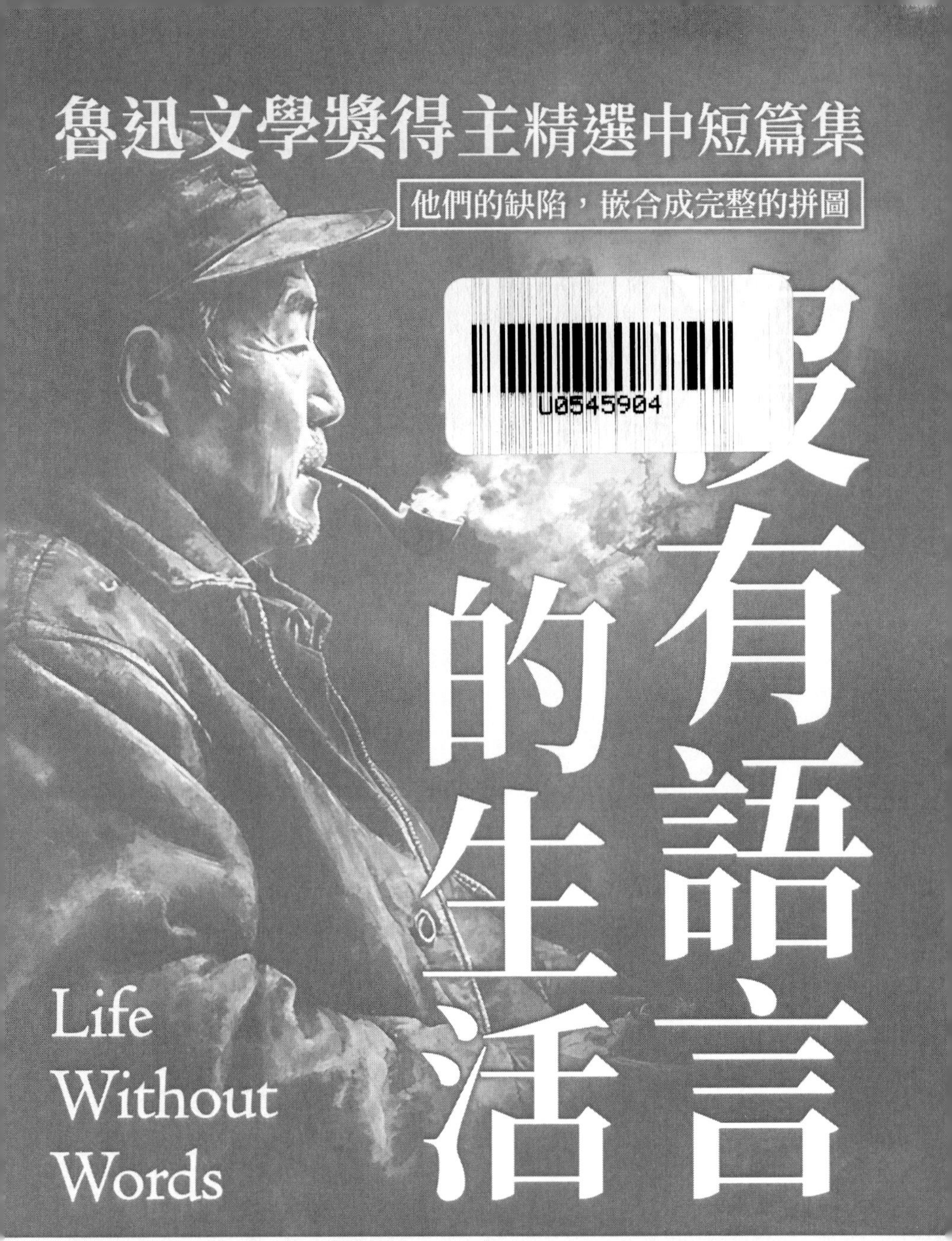

魯迅文學獎得主精選中短篇集

他們的缺陷，嵌合成完整的拼圖

沒有語言的生活

Life Without Words

東西 著

五篇小說，五齣戲劇

五段峰迴路轉的人生
五次耐人尋味的心靈震撼

目錄

目錄

〈沒有語言的生活〉
—— 改編為《天上的戀人》

〈沒有語言的生活〉
——改編為《天上的戀人》

王老炳和他的聾兒子王家寬在坡地上除草，玉米已高過人頭，他們彎腰除草的時候誰也看不見誰。只有在王老炳停下來吸菸的瞬間，他才能聽到王家寬刮草的聲音。王家寬在玉米林裡刮草的聲音響亮而富有節奏，王老炳以此判斷兒子很勤勞。

那些生機勃勃的雜草，被王老炳鋒利的刮刀斬首，老鼠和蟲子竄出牠們的巢四處流浪。王老炳看見一團黑色的東西向他撲來，當他意識到撞了蜂巢的時候，他的頭部、臉蛋以及頸部全被虎頭蜂包圍。他在疼痛中倒下、叫喊，在玉米田地裡滾動。大約滾了二十多公尺，他看見蜂團仍然盤旋在他的頭頂上，像一朵陰雲緊追不捨。王老炳開始呼喊王家寬。但是王老炳的兒子王家寬是個聾子，王家寬這個名字對王家寬形同虛設。

王老炳抓起地上的泥土與蜂群做最後的抵抗，當泥土撒向天空時，蜂群散開了，當泥土落下來的時候，虎頭蜂也落下來。牠們落在王老炳的眼睛、鼻子和嘴巴上。王老炳感到眼睛快要被蜇瞎了。王老炳喊，家寬，快來救我。家寬媽，我快完蛋啦。

王老炳的叫喊像水上的波瀾歸於平靜之後，王家寬刮草的聲音顯得愈來愈響亮。刮了好長一段時間，王家寬感到有點口渴，便丟下刮刀朝他父親王老炳那邊走去。王家寬看見一大片肥壯的玉米稈被壓斷了，王老炳仰天躺在被壓斷的玉米稈上，頭腫得像一個南瓜，瓜的表面光亮如鏡，照得見天上的太陽。

電影《天上的戀人》劇照

王家寬抱起王老炳的頭，然後朝對面的山上喊，狗子、山羊、老黑……快來救命啊。喊聲在兩山之間盤旋，久久不肯離去。有人聽到王家寬尖厲的叫喊，以為他是在喊他身邊的動物，所以並不理會。當王家寬的喊聲和哭聲一同響起時，老黑感到事情不妙。老黑對著王家寬的玉米田喊道，家寬……出什麼事了？老黑連喊了三聲，沒有聽到對方的回音，便繼續他的勞動。老黑突然意識到家寬是個聾子，於是老黑靜靜地站立在地上，聽王家寬那邊的動靜。老黑聽到王家寬的哭聲摻和在風聲裡，我爹他快死了，我爹捅了虎頭蜂窩快被蜇死了……

王家寬和老黑把王老炳背回家裡，請中醫劉順昌為王老炳治療。劉順昌指使王家寬脫掉王老炳的衣褲。王老炳像一頭褪了毛的肥豬躺在床上，許多人站在床邊圍觀劉順昌治療。劉順昌把藥水塗在王老炳的頭部、頸部、手臂、胸口、肚臍、大腿等處，人們的目光跟隨劉順昌的手遊動。王家寬發現眾人的目光落在他爹的大腿上，他們交頭接耳像是說他爹的什麼隱私。王家寬突然感到不適，覺得躺在床上的不是他爹而是自己。王家寬從床頭拉出一條毛巾，蓋在了他爹的大腿上。

劉順昌被王家寬的這個動作蜇了一下，他把手停在病人的身上，對著圍觀的人們大笑。他說，家寬是個聰明的孩子，他的耳朵雖然聽不見，但他已猜到我們在說他爹，他從你們的眼睛裡、臉蛋上猜出了你們說話的內容。

劉順昌遞給王家寬一把鉗子，暗示他把王老炳的嘴巴撬開。王家寬用一根布條，在鉗口處纏了幾圈，然後才把鉗子小心翼翼地伸進他爹的嘴巴裡，撬開他爹緊閉的牙關。劉順昌一邊灌藥一邊說，家寬是個細心人，我沒想到在鉗口上纏布條，他卻想到了，他是怕他爹痛呢。如果他不是個聾人，我真願意收他做我的徒弟。

藥湯灌畢，王家寬從他爹嘴裡抽出鉗子，大聲叫了劉順昌一聲師父。劉順昌被叫聲驚住了，片刻之後才回過神來。劉順昌說，家寬，你的耳朵不聾了，剛才我說的你都聽見了，你是真聾還是假聾？王家寬對劉順昌的質問未做任何反應，依然一副聾子模樣。儘管如此，圍觀者的身上還是起了一層雞皮疙瘩，他們感到害怕，怕剛才他們的嘲笑已被王家寬聽到了。

十天之後，王老炳的身體才基本康復，但是他的眼睛什麼也看不見了，成了一個貨真價實的瞎子。不知情的人問他，好端端的一雙眼睛，怎麼就瞎了？他總是不厭其煩地回答，是虎頭蜂蜇瞎的。由於他不是天生的瞎子，他的聽覺和嗅覺並不特別發達，行動受到了局限，沒有兒子王家寬，他幾乎寸步難行。

老黑養的雞一隻一隻地死掉。起先，老黑還有工夫把死掉的雞撿回來拔毛，弄得雞毛滿天飛。但是一連吃了三天死雞肉之後，老黑開始感到膩。老黑把那些死雞埋在地裡，丟在坡地。王家寬看見老黑提著一隻死雞往草地走，知道雞瘟從老黑家開始蔓延了。王家寬攔住老黑，說，你真缺德，雞瘟來了為什麼不告訴大家？老黑嘴皮動了動，像是辯解。王家寬什麼也沒聽到。

第二天，王家寬整理好擔子，準備把家裡的雞挑到街上去賣。臨行前，王老炳拉住王家寬，說，家寬，賣了雞後，幫老子買一塊肥皂回來。王家寬知道爹想買東西，但是不知道爹要買什麼東西。王家寬說，爹，你要買什麼？王老炳用手在胸前畫出一個方框。王家寬說，那是要買香菸嗎？王老炳搖頭。王家寬說，那是要買一把菜刀？王老炳仍然搖頭。王老炳用手在頭上、耳朵、臉上、衣服上搓來搓去，做進一步的提醒。王家寬愣了片刻，終於「啊」了一聲。王家寬說，爹，我知道了，你是要買一條毛巾。王老炳拚命地搖頭，大聲說，不是毛巾，是肥皂。

王家寬像是徹底地領會了他爹的意圖，轉身走了，空留下王老炳徒勞無益的叫喊。

王老炳摸出家門，坐在太陽光裡，他嗅到太陽炙烤下衣服冒出的汗臭，青草和牛屎的氣味瀰漫在他的周圍。他身上出了一層細汗，皮膚似乎快被太陽烤熟了。他知道這是一個伸手就可以觸摸到陽光的日子，這個日子特別漫長。趕街歸來的喧鬧聲，從王老炳的耳邊飄過，他想從那些聲音裡分辨出王家寬的聲音。但是他一次又一次地失望。他聽到了一個孩童在大路上唱的一首歌謠，孩童邊唱邊跑，那聲音很快就乾乾淨淨地消逝了。

熱力漸漸從王老炳的身上減退，他知道這一天已接近尾聲。他聽到收音機裡的聲音向他走來，收音機的聲音淹沒了王家寬的腳步聲。王老炳不知道王家寬已到了家門口。

王家寬把一條毛巾和一百塊錢塞到王老炳手中。王家寬說，爹，這是你要買的毛巾。這是剩下的一百塊錢，你收好。王老炳問，你還買了些什麼？王家寬從脖子上取下收音機，拿到王老炳的耳邊，說，爹，我還買了一個小收音機給你解悶。王老炳說，你又聽不見，買收音機幹什麼？

電影《天上的戀人》劇照

收音機在王老炳手中咿咿啞啞地唱，王老炳感到一陣悲涼。他的手裡捏著毛巾、鈔票和收音機，唯獨沒有他想買的肥皂。他想肥皂不是非買不可，但是家寬怎麼就把肥皂理解成毛巾了呢？家寬不領會我的意圖，這日子怎麼過下去。如果家寬媽還活著，事情就好辦了。

幾天之後，王家寬把收音機據為已有。他把收音機吊在脖子上，音量調到最大，然後開始串門子。王家寬走到哪裡，哪裡的狗就對著他狂叫不息。即便是很深很深的夜晚，有人從夢中醒來，也能聽到收音機裡不知疲勞的聲音。伴隨著收音機嘻嘻哈哈的，是王老炳的責罵。王老炳說，你這個聾子，連半個字都聽不清楚，為什麼把收音機開得那麼大聲？你這不是白費電池白費你老子的錢嗎？

吃完晚餐，王家寬最愛去謝西燭家看他們打麻將。謝西燭看見王家寬把收音機緊緊抱在胸前，像抱著一個寶貝，雙手不停地在收音機的外殼上摩挲。謝西燭指了指收音機，對王家寬說，你聽得到裡面的聲音嗎？王家寬說，我聽不到，但我摸得到聲音。謝西燭說，這就奇怪了，你聽不到裡面的聲音，為什麼又能聽到剛才我的聲音？王家寬沒有回答，只是嘿嘿地笑，笑過數聲後，他說，你們總是問我，聽不聽得到收音機裡在說什麼？嘿嘿。

慢慢地，王家寬成了一些人的中心，他們跨進謝西燭家的大門，圍坐在王家寬的周圍。一次收音機裡正在說相聲，王家寬看見人們前俯後仰地咧嘴大笑，也跟著笑。謝西燭說，你笑什麼？王家寬搖頭。謝西燭把嘴巴靠近王家寬的耳朵，炸雷似的喊，你笑什麼？王家寬像被什麼擊昏了頭，木然地望著謝西燭。好久，王家寬才說，你們笑，我也笑。謝西燭說，我要是你，才不在這裡呆坐，在這裡呆坐不如去這個。謝西燭用右手的食指和左手的拇指與食指，做了一個淫穢的動作。

謝西燭看見王家寬臉上紅了一下，謝西燭想他也知道羞恥。王家寬悻悻地站起來，朝大門外的黑夜走去。從此，他再也不踏進謝家的大門了。

王家寬從謝家走出來時，心裡像有蟲在爬，不是滋味。他悶頭悶腦在路上走了十幾步，突然碰到了一個人。那個人身上帶著濃香，只輕輕一碰就像一捆稻草倒在了地上，王家寬伸手去拉，拉起來的竟然是朱大爺的女兒朱靈。王家寬想繞過朱靈往前走，但是路被朱靈擋住了。

王家寬把手搭在朱靈的手臂上，朱靈沒有反感。王家寬的手慢慢上移，終於觸控到了朱靈溫暖細嫩的脖子。王家寬說，朱靈，妳的脖子像一塊綢布。說完，王家寬在朱靈的脖子上啃了一口。朱靈聽到王家寬的嘴巴嘖嘖響個不停，像是吃上了什麼可口的食物，餘香還殘留在嘴裡。朱靈想，我從來沒有聽到過這麼貪婪動聽的咂嘴聲。她被這種聲音迷惑了，整個身軀似乎已飄離地面，她快要倒下去了。王家寬把她摟住，王家寬的臉碰到了她嘴裡撥出的熱氣。

他們像兩個落水的人，現在勾肩搭背朝夜的深處走去。黑夜顯得公正平等，聲音成為多餘。朱靈伸手去關收音機，王家寬又把它打開。朱靈覺得收音機對王家寬來說，僅僅是一個四四方方的匣子，吊在他的脖子上，他能感受到重量並不能感受到聲音。朱靈再次把收音機奪過來，貼到耳邊，然後把聲音慢慢地關掉，整個世界突然變得沉靜安寧。王家寬顯得很高興，他用手不停地扭動朱靈胸前的扣子，說，妳開我的收音機，我開妳的收音機。

村裡的燈一盞一盞地熄滅，王家寬和朱靈在草堆裡迷迷糊糊地睡去。朱靈像做了一場夢，在這個夜晚之前，她一直被父母嚴加看管。母親安排她做那些做也做不完的針線活。母親還努力營造一種溫暖的氣氛，比如說炒一盤熱氣騰騰的瓜子，放在燈下慢慢地剝，然後把瓜子丟進朱靈的嘴裡。母親還經常說，男人怎麼怎麼地壞，長大了的女孩子到外面去野如何如何地不好。

朱靈在朱大爺的呼喚聲中醒來。朱靈醒來時，發覺有一雙男人的手按在自己的胸前，便朝男人的臉上狠狠地扇了一巴掌。王家寬鬆開雙手，感到臉上一陣陣麻辣。王家寬看見朱靈獨自走了，屁股一扭一扭。王家寬說，妳這個沒良心的。朱靈從罵聲裡覺出一絲痛快，她想今天我造反了，我不僅造了父母的反，也造了王家寬的反，我這巴掌算是把王家寬占的便宜賺回來了。

次日清晨，王家寬還沒起床，便被朱大爺從床上拉起來。王家寬看見朱大爺唾沫橫飛撈袖握拳，似乎是要大打出手才解心中之恨。在看到這一切的同時，王家寬還看到了朱靈。朱靈雙手垂落在胸前，肩膀一聳一聳地哭。她的頭髮像一個凌亂的雞窩，上面還沾著一些茅草。

朱大爺說，家寬，昨夜朱靈是不是和你在一起。如果是，我就把她嫁給你做老婆算了。她既然喜歡你，喜歡一個聾子，我就不為她瞎操心了。朱靈抬起頭，用一雙哭紅的眼睛望著王家寬。朱靈說，你說，你要說實話。

王家寬以為朱大爺問他，昨夜是不是睡了朱靈？他被這個問題嚇怕了，兩條腿像站在雪地裡微微地顫抖起來。王家寬拚命地搖頭，說，沒有沒有……

朱靈垂著的右手像一截樹幹突然舉過頭頂，然後重重地落在王家寬的左臉上。朱靈聽到鞭炮炸響的聲音，她的手掌被震麻了。她看見王家寬身子一歪，幾乎跌倒。王家寬捂住火辣的左臉，感到朱靈的這一掌比昨夜的那一掌重了十倍，看來我真的把朱靈得罪了，大禍就要臨頭了。但是我在哪裡得罪了朱靈，我為什麼平白無故地遭打？

朱靈捂著臉轉身跑開，她的頭髮從頭頂散落下來。王家寬進屋找他爹王老炳。王家寬問，她為什麼打我？王家寬話音未落，又被王老炳扇了一記耳光。王老炳說，誰叫你是聾子？誰叫你不會回答？好端端的老婆，你卻沒有福分享受。

王家寬開始哭，哭過一陣之後，拿著一把尖刀跑出了家門。他想殺人，但他去的地方沒有任何人阻攔他。他就這樣朝村外跑去，雞、狗從他腳邊逃命，樹枝被他砍斷。他想乾脆自己把自己幹掉算了，免得弄痛別人的手。想想家裡還有個瞎子爹，他的腳步慢了下來。

凡是夜晚，王家寬都閉門不出。他按照王老炳的旨意在燈下，準備為他爹編一床蓆子。王老炳認為，男人編蓆子就像女人織毛線或者納鞋底，只要他們手上有事做，就不會出去惹是生非。

劈了三晚的竹子條，又編了三天，王家寬手下的蓆子開始有了蓆子的模樣。王老炳在蓆子上摸了一把，很失望地搖搖頭。王家寬看見爹不停地搖頭，他想，爹好像是不要我編蓆子，而是要我編一個背簍，並且要我馬上把蓆子拆掉。王家寬說，我馬上拆。王老炳的手立即停了下來，王家寬想，我猜對爹的意思了。

就在王家寬專心拆蓆子的這個晚上，王老炳聽到樓上有人走動。王老炳想，是不是家寬在樓上翻東西？王老炳叫了一聲，家寬，是你在樓上嗎？王老炳沒有聽到回音。樓上的翻動聲愈來愈響，王老炳想，這不像是家寬弄出來的聲音，何況堂屋裡還有人在抽動竹條，家寬只顧拆蓆子，他還不知道樓上有人。

王老炳從床上爬起來，摸索著朝堂屋走去。他先是被尿桶絆倒，那些陳年老尿灑了一地，他的褲子溼了、衣服溼了，屋子裡飄蕩著腐臭的氣味。他試圖重新站起來，但是他的頭撞到了木板，他想我已經爬到床下了。他試探著朝四個不同的方向爬去，四面似乎都有了木板，他的頭上撞出五個小包。

王家寬聞到一股濃烈的尿臭，以為是他爹起床小解。尿臭持續了好長一段時間，並且愈來愈濃重，於是他提著燈來看他爹。他看見他爹溼淋淋地在床底下，嘴張著，手不停地往樓上指。

王家寬提燈上樓，看見樓門被人撬開，十多塊臘肉不見了，剩下那根吊臘肉的竹竿在風中晃來晃去，像空蕩蕩的鞦韆架。王家寬對著樓下喊，臘肉被人偷走啦。

第五天傍晚，劉挺梁被他父親劉順昌綁住雙手，押進王老炳家大門。劉挺梁的脖子上掛著兩塊被火煙燻黑的臘肉，那是他偷去的臘肉中剩下的最後兩塊。劉順昌朝劉挺梁的小腿踹了一腳，劉挺梁雙膝落地，跪在王老炳的面前。

劉順昌說，老炳，我醫好過無數人的病，就是醫不好我這個兒子的手。一連幾天，我發現他都不回家吃飯，覺得有些奇怪，就跟蹤他。原來他們在後山的林子裡煮你的臘肉吃，他們一共四人，還配備了二鍋頭和油鹽醬醋。別的我管不著，劉挺梁我綁來了，任由你處置。

王老炳問，挺梁，除了你還有哪些人？劉挺梁說，狗子、光旺，王老炳的雙手順著劉挺梁的頭髮往下摸，摸到了臘肉，然後摸到了劉挺梁反剪的雙手。他把繩子鬆開，說，今後，你們別再偷我的了，你走吧。劉挺梁起身走了。劉順昌說，你怎麼就這樣輕輕鬆鬆地打發他走了？王老炳說，順昌，我是瞎子，家寬耳朵又聾，他們要偷我的東西就像拿自家的東西，易如反掌，我得罪不起他們。

劉順昌長長地噓了一口氣，說，你的這種狀況非改變不可，你幫家寬娶個老婆吧。也許，那樣會好一點。王老炳說，誰願意嫁他呀。

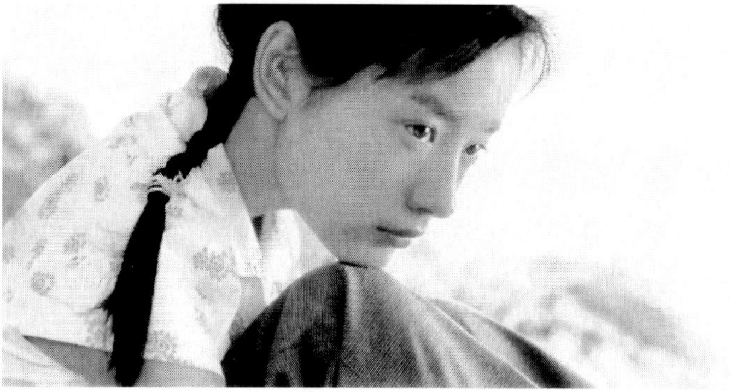

電影《天上的戀人》劇照

劉順昌在為人治病的同時，也在暗暗為王家寬物色對象。第一次，他為王家寬尋來一個寡婦。寡婦手裡牽著一個大約五歲的女孩，懷中還抱著一個不滿週歲的嬰兒。寡婦面帶愁容，她的丈夫剛剛病死不久，她急需一個男勞力為她耙田犁地。

寡婦的女孩十分乖巧，她一看見王家寬便雙膝落地，給王家寬磕頭。她甚至還朝王家寬連連叫了三聲爹。劉順昌想，可惜王家寬聽不到女孩的叫聲，否則這樁婚姻十拿九穩了。

王家寬摸摸女孩的頭，把她從地上拉起來，為她拍淨膝蓋上的塵土。拍完塵土之後，王家寬的手無處可放。他猶豫了片刻，終於想起去抱寡婦懷中的嬰兒。嬰兒張嘴啼哭，王家寬伸手去掰嬰兒的大腿，他看見嬰兒腿間鼓脹的鳥仔。他一邊用右中指在上面抖動，一邊笑嘻嘻地望著寡婦。一線尿從嬰兒的腿中間射出來，嬰兒止住了哭聲，王家寬的手上沾滿了熱尿。

趁著寡婦和小女孩吃飯的空隙，王家寬用他編蓆時剩餘的細竹筒，做了一支簡單的簫。王家寬把簫湊到嘴上大力地吹了幾口，猜想是有聲音了，他才把它遞給小女孩。他對小女孩說，等吃完飯了，妳就吹著這個回家，你們不用再來找我啦。

劉順昌看著那個小女孩一路吹著簫，一路跳著朝他們的來路走去。簫聲粗，斷斷續續，雖然不成曲調，但聽起來有一絲淒涼。劉順昌搖著頭說，王家寬真是沒有福分。

後來，劉順昌又為王家寬介紹了幾個單身女人。王家寬不是嫌她們老就是嫌她們醜。沒有哪個女人能打動他的心，他似乎天生地仇恨那些試圖與他一起生活的女人。劉順昌找到王老炳說，老炳呀，他一個聾人挑來挑去的，什麼時候才有個結果，乾脆你做主算啦。王老炳說，你再想想辦法。

劉順昌把第五個女人帶進王家時，太陽已經西落。這個來自異鄉的女人，名叫張桂蘭。為了把她帶進王家，劉順昌整整走了一天的路程。劉順昌在燈下不停地拍打身上的塵土，也不停地痛飲王家寬端給他的米酒。隨著一杯又一杯米酒的灌入，劉順昌的臉變紅、脖子變粗。劉順昌說，老炳，這個女人什麼都好，就是左手不太中用，其實也沒什麼，就是伸不直。今夜，她就住在你家啦。

自從那次臘肉被盜之後，王家寬和王老炳就開始合床而睡。這樣做的目的，是為了再有小偷進來時，他們好聯合行動。張桂蘭到的這個夜晚，王家寬仍然睡在王老炳的床上。王老炳用手不斷地掐王家寬的大腿、手臂，示意他過去找張桂蘭。但是王家寬賴在床上抵死不從。漸漸王家寬抵擋不住他爹的攻擊，從床上爬了起來。

從床上爬起來的王家寬，沒有去找張桂蘭，他在門外的躺椅上獨坐，多日不用的收音機又掛到了脖子上。大約到了下半夜，王家寬在躺椅上睡著了，收音機徹夜不眠。如此三個晚上，張桂蘭逃出王家。

小學老師張復寶、姚育萍夫婦，還未起床便聽到有人敲門。張復寶拉開門，看見王家寬挑著一擔水站在門外。張復寶揉揉眼睛伸伸懶腰，說，你敲門，有什麼事？王家寬不管允不允許，直接把水挑進大門，倒入了張復寶家的水缸。王家寬說，今後，你們家的水我包了。

每天早上，王家寬準時把水挑進張復寶家的大門。張復寶和姚育萍都猜不透王家寬的用意。挑完水後的王家寬站在教室的視窗，看學生們早讀，有時他一直看到張復寶或者姚育萍上第一節課。張復寶想，他是想跟我學識字嗎？他的耳朵有問題，我怎麼教他？

張復寶試圖阻止王家寬的這種行動，但王家寬不聽。挑了大約半個月，王家寬悄悄對姚育萍說，姚老師，我求妳幫我寫一封信給朱靈，妳說我愛她。姚育萍當即用手比劃起來。王家寬猜測姚老師的手勢。姚老師的大意是說，信不用寫，由她去找朱靈當面說說就可以了。王家寬說，我幫妳挑了差不多五十擔水，妳就幫我寫五十個字吧，要以我的口氣寫，不要讓朱靈知道是誰寫的，求姚老師妳幫個忙。

姚育萍取出紙筆，幫王家寬寫了滿滿一頁紙的字。王家寬揣著那頁紙，像揣一件寶貝，等待時機交給朱靈。

王家寬把那頁紙在懷裡揣了三天，仍然沒有機會交給朱靈。獨自一人的時候，王家寬偷偷拿出那頁紙來左看右看，似乎是能看得懂上面的內容。

第四天晚上，王家寬趁朱靈的父母外出串門的時機，把那頁紙從窗邊遞給了朱靈。朱靈看過後，在窗邊朝王家寬笑，她還把手伸出窗外搖動。

朱靈剛要出門，被串門回來的母親堵在門內。王家寬痴痴地站在窗外等候，他等到了朱大爺的兩隻破鞋子。那兩隻鞋子從窗戶飛出來，正好砸在王家寬的頭上。

姚育萍發覺自己寫的情書未發揮作用，便把這件差事推給張復寶。王家寬把張復寶寫的信交給朱靈後，不僅看不到朱靈的笑臉，連那隻在窗邊揮動的手也看不到了。

一開始，朱靈就知道王家寬的信是別人代寫的，她猜遍了村裡能寫字的人，仍然沒有猜出那信的出處。當姚育萍的字換成張復寶的字之後，朱靈的心情變得複雜起來。她看見信的落款，由王家寬變成了張復寶，不知道這是有意的錯誤或是無意的？如果是有意的，王家寬被這封求愛信改變了身分，他由求愛者變成了郵差。

在朱靈家窗外徘徊的人不止王家寬一個，還包括狗子、劉挺梁、老黑以及楊光，當然還包括一些不便公開姓名的人（有的是已經結婚的，有的是公務員）。狗子們和朱靈一起長大一起上小學、讀國中，他們百分之百地有意或無意地撫摸過朱靈那根粗黑的辮子。狗子說，他撫摸那根辮子，就像撫摸新學期的課本，就像撫摸他家那隻小雞的絨毛。現在，朱靈已剪掉了那根辮子，狗子們面對的是一個待嫁的美麗的女孩。狗子說，我想摸她的臉蛋。

但是在王家寬向朱靈求愛的這年夏天，狗子們意識到了他們的失敗。他們開始朝朱家的窗戶扔石子、泥巴，在朱家的大門上寫淫穢的話，畫淩亂的人體的某些器官。王家寬同樣是一個失敗者，只不過他沒有意識到。

狗子看見，王家寬站在朱家高高的屋頂上，頂著烈日為朱大爺蓋瓦。狗子想，朱大爺又在剝削那個聾子的勞動力。狗子用手把王家寬從屋頂上招下來，拉著他往老黑家走。王家寬惦記沒有蓋好的屋頂，一邊走一邊回頭求狗子不要添亂。王家寬拚命掙扎，最終還是被狗子推進了老黑家的大門。

狗子問，老黑準備好了沒有？老黑說，準備好了。於是狗子勒住王家寬的雙手，楊光按下王家寬的頭。王家寬的頭被浸泡進一盆熱水裡，就像一隻即將被扒毛的雞浸入熱水裡。王家寬說，你們要幹什麼？

王家寬頂著溼漉漉的頭髮，被狗子和楊光強行按坐在一張木椅上。老黑拿著一把鋒利的剃刀走向木椅。老黑說，我們幫你剃頭，剃一個光亮光亮的頭，像一百瓦的電燈泡，可以把朱家的堂屋和朱靈的房間照得發光的。王家寬看見狗子和楊光哈哈大笑，他的頭髮一團一團地落下來。

老黑把王家寬的頭剃了一半，示意狗子和楊光鬆手。王家寬伸手往頭上一摸，摸到半邊頭髮，就說，老黑，求你幫我剃完。老黑搖頭。王家寬說，狗子，你幫我剃。狗子拿著剃刀在王家寬的頭上刮，刮出一聲驚叫。王家寬說，痛死我了。狗子把剃刀遞給楊光，說，你幫他剃。王家寬見楊光嬉皮笑臉地走過來，接過剃刀準備幫他剃頭。王家寬害怕他像狗子那樣剃，便從椅子上閃開，奪過楊光手裡的剃刀，衝出老黑家大門。回家找出一面鏡子，王家寬照著鏡子，自己剃完了半個腦袋上的頭髮。

做完這一切，太陽已經下山了。王家寬頂著光亮的頭頂，再次爬上朱家的屋頂蓋瓦。狗子和楊光從朱家門前經過，對著屋頂上的王家寬大聲喊，電燈泡……天都快黑啦，還不收工。王家寬沒有聽到下面的叫喊，但是朱大爺聽得一清二楚。朱大爺從屋頂丟下一塊斷瓦，斷瓦擦過狗子的頭髮飛過，狗子倉皇而逃。

朱大爺在後半夜被雨淋醒，雨水從沒有蓋好的屋頂漏下來，像黑夜中的潛行者，鑽入朱家那些陰暗的角落。朱大爺擔心的事情終於發生了，他抬頭望天，天上黑得像鍋底。雨水如天上撲下來的蝗蟲，在他抬頭的一瞬間爬滿他的臉。他聽到屋頂傳來一個聲音 —— 塑膠布。聲音在雨水中含混不清，彷彿來自天國。

朱大爺指使全家蒐集能夠遮雨擋風的塑膠布，遞給屋頂上那個說話的人，所有的手電筒聚集在那個人身上。聞風而動的人們，送來各色塑膠布，塑膠布像衣服上的補丁，被那個人打在屋頂。

雨水被那個人堵住，那個被雨水淋透的人是聾人王家寬。他順著樓梯退下來，被朱大爺拉到火堆邊。很快他的全身冒出了熱氣，熱氣如煙，彷彿從他的毛孔裡鑽出來。

王家寬在送塑膠布的人群中，發現了張復寶。老黑在王家寬頭上很隨便地摸了一把，然後用手比劃說，張復寶跟朱靈好。王家寬搖搖頭說，我不信。

人們從朱家一一退出，只有王家寬還坐在火堆邊，他想藉那堆大火烤乾他的衣褲。他看見朱靈的右眼發紅，彷彿剛剛哭過。她的眼皮不停地眨，像是給人某種暗示。

朱靈眨了一會兒眼皮，起身走出家門。王家寬緊跟其後。他聽不到朱靈在說什麼，他以為朱靈在暗示他。朱靈說，媽，我剛才遞塑膠布時，眼睛裡落進了灰塵，我去找圓圓看看。我的床鋪被雨水淋溼了，我今夜就跟圓圓睡。

王家寬看見有一個人站在屋角等朱靈，隨著手電筒一閃，他看清了那個人是張復寶。他們在雨水中走了一程，然後躲到牛棚裡。張復寶一隻手拿手電筒，一隻手翻開朱靈的右眼皮，並鼓著腮幫子往朱靈的眼皮上吹。王家寬看見張復寶的嘴唇幾乎貼到了朱靈的眼睛上，只一瞬間那嘴唇真的貼到了眼睛上。手電筒像一個老人突然斷氣了，王家寬眼前一團黑。王家寬想，朱靈眨眼皮叫我出來，她是存心讓我看她的好戲。

雨過天晴，王家寬的光頭像一隻倒扣的瓢瓜，在暴烈的太陽下晃動。他開始憎恨自己，尤其憎恨自己的耳朵。別人的耳朵是耳朵，我的耳朵不是耳朵，王家寬這麼想的時候，一把鋒利的剃頭刀已被他的左手高高舉，手起刀落，他割下了他的右耳。他想我的耳朵是一種擺設，現在我把它割下來餵狗。

到了秋天，那些巴掌大的樹葉從樹上飄落，它們像人的手掌拍向大地，鄉村到處都是劈劈啪啪的拍打聲。無數的手掌貼在地面上，它們再也回不到原來的地方了，要等到第二年春天，樹枝上才長出新的「手掌」。王家寬想，樹葉落了明年還會長，我的耳朵割了卻不會再出來了。

王家寬開始迷戀那些樹葉，一大早，他就蹲到村子口的那棵楓樹下。淡紅色的落葉散布在他的周圍，他的手像雞爪子，在樹葉間扒來扒去，目光跟著雙手遊動。他在找什麼呢？張復寶想。

從村外過來一個人，近了，張復寶才看清楚是鄰村的王桂林。王桂林走到楓樹下，問王家寬在找什麼？王家寬說，耳朵。王桂林笑了一聲說，你怎麼在這裡找你的耳朵，你的耳朵早被狗吃了，找不到了。

王桂林朝村裡走去。張復寶躲進路邊的樹叢裡，避過他的目光。張復寶想，乾脆在這樹林裡方便方便，等方便完了，王家寬也許會走開了。張復寶提著褲帶從樹林裡走出來，王家寬仍然低著頭在尋找著什麼，絲毫沒有離去的意思。張復寶輕輕地罵道，一隻可惡的母雞。

電影《天上的戀人》劇照

張復寶回望村莊，看到了朱靈遠去的背影。他想事情辦失敗了，一定是在我方便的時候，朱靈來過這裡，她看見楓樹下的那個人是王家寬而不是我，就轉身回去了。如果朱靈再耽誤半個小時，便趕不上去城裡的車了。

大約過去五分鐘，張復寶看見他的學生劉國芳從大路上狂奔而來。劉國芳在楓樹下站了片刻，撿起三片楓葉後，又跑回村莊。劉國芳咚咚的跑步聲，敲打在張復寶的心尖上，他緊張得有些忍不住了。

朱靈聽劉國芳說樹下只有王家寬時，她當即改變了主意。她跟張復寶約好早上九點在楓樹下見面，然後一同去城裡的醫院。但她剛剛出村，就看見王桂林從路上走過來了。她想，王桂林一定在樹下看見了張復寶，我和張復寶的事已經被人傳得夠熱鬧的了，我還是避一避，否則他看見張復寶又看見我出村會怎麼想。朱靈這麼想著，又走回家中。

為了鄭重其事，朱靈把路經家門口的劉國芳拉過來，叫劉國芳跑出村去為她撿三片楓葉。劉國芳撿回三片淡紅的楓葉，說，我看見聾子王家寬在樹下找什麼。朱靈說，妳還看見別人了嗎？劉國芳搖頭說，沒有。

去不了城裡，朱靈變得狂躁不安。細心的母親楊鳳池突然記起好久沒有看見朱靈洗月經帶了。楊鳳池把手伸向女兒朱靈的腹部。她的手被一個聲音刺得跳起來。朱靈懷孕的祕密，被她母親的手最先摸到。

每一天，人們都看見王家寬出村去尋找他的耳朵，但是每一天人們都看見他空手而歸。如此半月，人們看見王家寬帶著一個漂亮的女孩進村了。

女孩的右肩掛著一個黑色的皮包，皮包裡裝滿大大小小的毛筆。快要進村時，王家寬把皮包從女孩的肩上奪過來，挎在自己的肩上。女孩會心一笑，雙手不停地比劃。王家寬猜想，她是說感謝他。

村口站滿參差不齊的人，他們像土裡突然冒出的竹筍，一根一根又一根。有那麼多人看著，王家寬多少有了一點得意。然而，王家寬最得意的，是女孩的表達方式。她怎麼知道我是一個聾子？我幫她背皮包時，她一邊說話一邊用手比劃，不停地感謝。她剛剛碰到我就知道我是聾子，她是怎麼知道的？

王老炳從外面的喧鬧聲中，判斷有一個啞巴女孩正跟著王家寬朝自家走來。他聽到大門被推開的聲響，在大門破爛的聲響裡還有王家寬的聲音。王家寬說，爹，我帶來一個賣毛筆的女孩，她長得很漂亮，比朱靈漂亮。王老炳雙手摸索著想站起來，但他被王家寬按回到板凳上。王老炳問，女孩妳從哪裡來？王老炳沒有聽到回答。

女孩從包包裡拿出一張紙，抖開。王家寬看見那張紙的邊角已經磨破，上面布滿大小不一的黑字。王家寬說，爹，你看，她打開了一張紙，上面寫滿了字，你快看看寫的是什麼？王家寬一抬頭，看見他爹沒有動靜，才想起他爹的眼睛已經瞎了。王家寬說，可惜你看不見，那些字像春天的樹長滿了樹葉，很好看。

王家寬朝門外招手，竹筍一樣立著的圍觀者，全都東倒西歪擠進大門。王老炳聽到雜亂無章的聲音，有高有低，有大人的也有小孩的。王老炳聽他們念道：

我叫蔡玉珍，專門推銷毛筆，大支的五元，小支的二元五角，中號三元五角。現在，城市裡的人都不用毛筆寫字，他們用電腦、鋼筆寫，所以我到鄉村來推銷毛筆。我是啞巴，伯伯叔叔們行行好，買一兩支給你的兒子練字，也算是幫我的忙。

有人問，這字是妳寫的嗎？女孩搖頭。女孩把毛筆遞給那些圍著她的人。圍觀者面對毛筆彷彿面對凶器，他們慢慢地後退。女孩一步一步地緊逼。王老炳聽到人群稀里嘩啦地散開。王老炳想，他們像被拍打的蒼蠅，哄的一聲散了。

蔡玉珍以王家為據點，開始在附近的村莊推銷她的毛筆，所到之處，人們望風而逃。只有色膽包天的男人和一些半大不小的孩童，對她和她的毛筆感興趣。男人們一手捏毛筆，一手去摸蔡玉珍紅撲撲的臉蛋，他們根本不把站在蔡玉珍旁邊的王家寬放在眼裡。他們一邊摸一邊說，他算什麼，他是一個聾子，是跟隨蔡玉珍的一條狗。他們摸了蔡玉珍的臉蛋之後，就像吃飽喝足一樣，從蔡玉珍的身邊走開。他們不買毛筆。王家寬想，如果我不跟著這個女孩，他們不僅摸臉蛋，還會摸胸口，強行跟她睡覺。

王家寬陪著蔡玉珍走了七天，他們一共賣出去十支毛筆。那些油膩的、零碎的鈔票現在就揣在蔡玉珍的懷裡。

秋天的太陽微微斜了。王家寬讓蔡玉珍走在他的前面。他聞到女人身上散發出的汗香。陽光追著他們的屁股，他的影子疊到了她的影子上。他看見她的褲子上沾了點黃土，黃土隨著身體擺動。那些擺動的地方迷亂了王家寬的眼睛，他發誓一定要在那上面捏一把，別人可以捏，為什麼我不能捏？這樣漫無邊際地想著的時刻，王家寬突然聽到幾聲緊鑼密鼓的聲響。他朝四周張望，原野上不見人影。他聽到聲音愈響愈急，快要撞破他的胸口。他終於明白了，那聲響來自他的胸部，是他心跳的聲音。

王家寬勇敢地伸出右手，女孩跳起來，身體朝前衝去。王家寬說，妳像一條魚滑掉了。女孩的腳步就邁得更密更快。他們在路上小心地跑著，嘴裡發出零零星星的笑聲。

路邊兩隻做愛的狗打斷了他們的笑聲。他們放慢腳步，生怕驚動那一對牲畜。蔡玉珍突然感到累，她的腿怎麼也邁不動了。她坐在地上津津有味地看著狗。牲畜像他們的導師，從容不迫地教導他們。太陽的餘光灑落在兩隻黃狗的皮毛上，草坡無邊無際地安靜。那兩隻狗睜著警覺的雙眼，八隻腳配合慢慢移動，樹葉在狗的腳下發出輕微的沙沙聲。蔡玉珍聽到兩隻狗嗚嗚地唱，她被這種特別的唱詞感動了。她在嗚咽聲中被王家寬抱進了樹林。

枯枝敗葉，被蔡玉珍的身體壓斷，樹葉腐爛的氣味從她身下飄了出來，王家寬覺得那氣息如酒，可以醉人。王家寬看見蔡玉珍張開嘴，像是不斷地說什麼。蔡玉珍說，你殺死我吧。蔡玉珍被她自己說出來的話嚇了一跳。她想，我會說話了，我怎麼會說話了呢？也許話根本就沒有說出來，只是自己的想像。

那兩隻黃狗已經完事，此刻正蹣跚著步伐朝王家寬和蔡玉珍走來。蔡玉珍看見兩隻狗用舌頭舔著牠們的嘴皮，目光冷漠。牠們站在不遠的地方，朝著他們張望。王家寬似乎是被狗的目光所鼓勵，變得越來越英雄。王家寬看見蔡玉珍的眼不是眼，鼻子不是鼻子，它們全都扭曲了，有兩串哭聲從扭曲的眼眶裡冒出來。

這個夜晚，王家寬沒有回到他爹王老炳的床上。王老炳知道，他和那個啞巴女孩睡在一起了。

朱靈上廁所，她母親楊鳳池也會緊緊跟著。楊鳳池的聲音無孔不入，她問朱靈，懷了誰的孩子？這個聲音像是在朱靈頭頂盤旋的蜜蜂，揮之不去避之不及，它彷彿一條細細的竹鞭，不斷抽在朱靈的手上、背上和小腿上。朱靈感到，全身緊繃繃的，沒有一處輕鬆自在。

朱靈害怕講話，她想如果像蔡玉珍一樣是個啞巴，母親就不會反覆地追問了。啞巴可以順其自然，沒有說話的負擔。

楊鳳池把一件小孩的衣物舉起來，問朱靈，好不好看？朱靈不答。楊鳳池說，好端端一個孫子，妳怎麼忍心打掉？我用手一摸就摸到了他的鼻子、嘴巴和他的小腿，還摸到了他的鳥仔。妳只要說出那個男人，我們就逼他成親。楊鳳池採取和朱靈截然相反的策略。

就連小孩都能看出朱靈懷孕。朱靈不敢輕易出門。中午放學時，有幾個學生路經朱家，他們趴著朱家門上的縫隙處，窺視門裡的朱靈。他們看見朱靈像一隻被關在籠子裡的笨熊，狂躁不安地走來走去。從門縫裡窺視人的生活，他們感到新奇，他們忘記回家吃午飯。直到王家寬和蔡玉珍從朱家門前走過，他們才回過頭來。

學生們有一絲興奮，他們想做點什麼事情。當他們看見王家寬時，他們一齊朝王家寬圍過來，他們喊道：

王家寬大流氓，搞了女人不認帳……

電影《天上的戀人》劇照

〈沒有語言的生活〉
——改編為《天上的戀人》

電影《天上的戀人》劇照

蔡玉珍看見那些學生一邊喊一邊跳，汙濁的聲音像石頭、破鞋砸在王家寬的身上。王家寬對那些學生露出笑容，和著學生們的節拍跳起來。因為他聽不見，所以那些侮辱的話對他沒有造成絲毫的傷害。學生們愈喊愈起勁，王家寬越跳越精神，他的臉上已滲出了粒粒汗珠。蔡玉珍忍無可忍，朝那些學生揮舞拳頭。學生被她趕遠了，王家寬跟著她往家裡走。他們剛走幾步，那些學生又聚集起來，他們喊道，蔡玉珍是啞巴，跟個聾子成一家，生個孩子聾又啞。

蔡玉珍轉身去追那個帶頭的學生，追了幾步，她就被一塊石頭絆倒在地上。她的鼻子被石頭碰傷，流出幾滴濃稠的血。她趴在地上對著那些學生哇哇地喊，但是沒有發出聲音。

王家寬伸手去拉她，笑她多管閒事。蔡玉珍想，還是王家寬好，他聽不見，什麼也沒傷著。我聽見了不僅傷心，還傷了鼻子。

在那幾個學生的帶領下，更多的學生加入了窺視朱靈的行列。學校離朱家只有三百多公尺，老師下課的哨聲一響，學生便朝朱家飛奔而去。張復寶站在路上攔截那些奔跑的學生，結果自己反被學生撞倒在路上。一氣之下，張復寶把帶頭的四個學生開除了。張復寶對他們說，你們不准再進學校半步。

到了冬天，朱靈自己把自己從門裡解放出來。她穿著鮮豔的冬裝，比原先顯得更為臃腫。她逢人便說，我要結婚了。人們問她，跟誰結？她說，跟王家寬。有人說，王家寬不是跟蔡玉珍結了嗎？朱靈說，那是同居，不叫結婚。他們沒有愛情基礎，那不叫結婚。

許多人暗地裡說，朱靈不知道羞恥，幸好王家寬是聾子，任由她作踐，換成了別人，她的戲就沒辦法演下去了。

村莊的桃花在一夜之間開放了。桃花紅得像血，看到那種顏色，就似乎聞到了血的氣味。王老炳坐在家門口說，我聞到桃花的味道了，今年的桃花怎麼開得這麼早，還沒有過年就開了？

那個長年在山區照相的趙開應走到王老炳面前，問他照不照相？王老炳說，聽你的口音，是趙先生吧，你又來啦。你總是年前這幾天來我們村子，那麼準時。你問我照不照相，現在我照相還有什麼用。去年冬天我還看得見你，今年冬天我就看不見你了，照也白照。你去找那些年輕人照吧，老黑、狗子、朱靈他們每年都要照幾張。趙先生，你坐。我只顧說話，忘記喊你坐啦。趙先生你走啦？你怎麼不坐一坐？

王老炳還在不停地說話時，趙開應已走遠。他的身後跟著一群孩子和換了新衣準備照相的人。

桃花似乎專為朱靈開放。她帶著趙開應在桃林裡轉來轉去，那些紅色的花瓣像雪，撒落在她的頭髮上和棉衣上。她的臉因為興奮變得紅撲撲的，像是被桃花染紅一般。趙開應說，朱靈妳站好，這相機能把妳喘出來的熱氣都照進去。朱靈說，趙先生，你儘管照，我要照三十幾張，把你的膠卷照完。

朱靈特別的笑聲和紅撲撲的臉蛋，就留在了這一年的桃樹上，以至於後來人們看見桃樹就想起朱靈。

朱靈是照完相之後走進王家寬家的。從她家遭大雨襲擊的那個晚上到現在，她是第一次踏進王家的大門。朱靈顯得有些疲憊，她一進門之後就躺到王家寬的床上。她睡王家寬的床，像睡她自己的床那麼隨便。她只躺下片刻，蔡玉珍就聽到了她的鼾聲。

蔡玉珍不堪朱靈鼾聲的折磨，她把朱靈搖醒了，朝朱靈揮手。朱靈看見她的手從床邊揮向門外。朱靈想，她的意思是讓我從這裡滾出去。朱靈說，這是我的床，妳從哪裡來就往哪裡去。蔡玉珍沒有被朱靈的話嚇倒，她很用力地坐在床沿上。床板在她坐下來時搖晃不止，並且發出吱呀的響聲。她想用這種聲音，把朱靈趕跑。

朱靈想，要打敗蔡玉珍，必須不停地說話，因為她聽得見說不出。朱靈說，我懷了王家寬的小孩，兩年以前我就跟王家寬睡過了。妳從哪裡來我們不知道，妳不能在這裡長期住下去。

蔡玉珍從床邊站起來，哭著跑開。朱靈看見蔡玉珍把王家寬推入房門。朱靈說，你是個好人，家寬，你明知道我懷了誰的孩子，但是你沒有出賣我。我今天是給你磕頭來的。

王家寬看見朱靈的頭磕在床邊上，以為她想住下來。朱靈想不到她美好的幻想會在這一刻灰飛煙滅。王家寬說，妳懷了張復寶的孩子，怎麼來找我？妳走吧，妳不走我就向大家張揚啦。朱靈說，求你，別說，千萬別讓我媽知道，我這就去死，讓你們大家都輕鬆。

朱靈把她的雙腳從被窩裡伸到床下，她的腳在地上找了好久才找到她的鞋子。王家寬的話像一劑靈丹妙藥，在朱靈的身上發生作用。朱靈試探著站起來，試了幾次都未能把臃腫的身體挺直。王家寬順手扶了她一把。朱靈說，我是聾子，我什麼也沒聽到，我誰也不害怕。

朱靈在王家寬面前輕描淡寫說的那句話「我這就去死，讓你們大家輕鬆。」被蔡玉珍記住了。

〈沒有語言的生活〉
——改編為《天上的戀人》

蔡玉珍看見，朱靈拿著一根繩索走進村後的桃林，暮色正從四面收攏，餘霞的尾巴還留在山尖。蔡玉珍發覺，朱靈手裡的繩索泛著紅光，繩索好像是被下山的太陽染紅的，也好像是被桃花染紅的。蔡玉珍想，她白天還在這裡照相，晚上卻想在這裡尋死。

朱靈突然回頭，發現了跟蹤她的蔡玉珍。朱靈從地上撿起一塊石頭，朝蔡玉珍砸過來。朱靈說，妳像一隻狗，緊跟著我幹什麼？妳想吃大便嗎？蔡玉珍在辱罵聲中退縮，她猶豫片刻之後，快步跑向朱家。

朱大爺正在掃地，灰塵從地上揚起來，把朱大爺罩在塵土裡。蔡玉珍雙手往頸脖處繞一圈，再把雙手指向屋梁。朱大爺不理解她的意思，覺得她影響了他的工作，流露出明顯的不耐煩。蔡玉珍的胸口像被爪子狠狠地抓了幾把，她拉過牆壁上的繩索，套住自己的脖子，腳跟離地，身體在一瞬間拉長。朱大爺說，妳想上吊嗎？要上吊回妳家去吊。朱大爺的掃把拍打在蔡玉珍的屁股上，蔡玉珍被掃出朱家大門。

過了一會，楊鳳池開始挨家挨戶呼喚朱靈。蔡玉珍在楊鳳池焦急的喊聲裡焦急，她的手朝村後的桃林指，還不斷地畫著圓圈。朱大爺把這些雜亂的動作和剛才的動作連繫起來，感到情況不妙。

星星點點的火把遊向後山，人們呼喊朱靈的名字。

第五天清晨，張復寶一如既往來到了學校旁的水井邊打水。他的水桶碰到了一個浮動的物體，井口隱約傳來腐爛的氣味。他回家拿來手電筒，往井底照射，看到了朱靈的屍體。張復寶當即嘔吐不止。村裡的人不辭勞苦，他們寧願多走幾步路，去挑小河裡的水。而這口學校旁的水井，只有張復寶一家人享用。朱靈死了五天，他家就喝了五天的髒水。

那天早上，學校沒有開課。在以後的幾天裡，張復寶仍然被屍體纏繞著，學生們看見，他一邊上課一邊嘔吐。而姚育萍差不多把膽汁都吐出來了，她已經虛弱得沒辦法走上講臺了。

到了春天，趙開應才把他年前照的那些相片送到村子裡來。他拿著朱靈的照片，去找楊鳳池收錢。楊鳳池說，朱靈死了，你去找她要錢吧。趙開應碰了釘子，正準備把朱靈的照片丟進火坑。王家寬搶過照片，說，給我，我出錢，我把這些照片全買下來。

一種特別的聲音在屋頂上滾來滾去，它像風的呼叫，又像一群老鼠在瓦片上奔跑。聲音總是在夜深人靜的時候準準時響起，蔡玉珍被這種聲音包圍了好些日子。她很想架一架梯子，爬到屋頂上去看個究竟，但是在睜著眼和閉著眼都一樣黑的夜晚，她害怕那些折磨她的聲音。

白天，她爬到屋後的一棵桃樹上，認真地觀察她家的屋頂，她只看到灰色的歪歪斜斜的瓦片，瓦片上除了陽光什麼也沒有。看過之後，她想那聲音今夜不會有了。但是那聲音還是如期而來，總是在她即將入睡的時刻把她喚醒。她不甘心，睜著眼睛等到天明，再次爬到桃樹上。一次又一次，她幾乎數遍了屋頂上的瓦片，還是沒找到聲源。她想，是不是我的耳朵出了什麼毛病？

王老炳同時被這種聲音糾纏。開始，他對干擾他睡眠的聲音，做出了適應的反應。他坐在床沿整夜地抽菸，不斷地往尿桶裡尿尿。但是，慢慢地他就不適應了。他覺得那聲音像一把鋸子，往他腦子裡鋸進去。他想，如果再不能入睡，我就要發瘋啦。他一邊想著一邊假裝平心靜氣地躺到床上。只躺了一小會，他又爬起來，伸手摸到床頭的油燈，油燈砸到地上。油燈碎裂的聲音，把那個奇怪的聲音趕跑了。但是它遊了一圈後，馬上又回到了王老炳的耳邊。

王老炳開始製造聲音來驅趕聲音。他把菸斗當作鼓槌，不停地敲他的床板。他像一隻勤勞的琢木鳥，使同樣無法入睡的蔡玉珍雪上加霜。

「啄木鳥的聲音」停了。王老炳改變策略，開始不停地說話，無話找話。蔡玉珍聽到他在胡話裡睡去，鼾聲接替話聲。聽到鼾聲，蔡玉珍像飢餓的人突然聞到了飯香。

屋頂的聲音沒有消失。蔡玉珍拿著手電筒往上照，她看見那些支撐瓦片的柱頭、木板，沒有看見聲音。她聽到聲音從屋頂轉移到地下，彷彿躲在那些箱櫃裡。她把箱櫃的門一一打開，裡面什麼也沒有。她翻箱倒櫃的聲音，驚醒了剛剛入睡的王老炳。王老炳說，妳找死嗎？我好不容易睡著又被妳吵醒了。屋子裡忽然變得出奇地靜。蔡玉珍畏首畏尾，再也不敢弄出聲響來。

蔡玉珍聽到王老炳叫她。王老炳說，妳過來扶我出去，我們去找找那個聲音，看它藏在哪裡？蔡玉珍用手推王家寬，王家寬翻了個身又繼續睡。蔡玉珍走到王老炳床前，拉起王老炳走出大門。黑夜裡風很大。

他們在門前仔細聽，那個奇怪的聲音像是來自屋後。他們朝屋後走去，走進後山那片桃林。蔡玉珍看見楊鳳池跪在一株桃樹下，用一根木棍敲打一只倒扣的瓷盆，瓷盆發出空闊的聲音。手電筒光照到楊鳳池的身上，她毫無知覺，雙目緊閉，念念有詞。蔡玉珍和王老炳聽到她在詛咒王家寬。她說，是王家寬害死了朱靈。王家寬不得好死，王家寬全家死絕……

蔡玉珍朝瓷盆狠狠地踢去，瓷盆飛出去好遠。楊鳳池睜眼看見光亮，嚇得爬著滾著出了桃林。王老炳說，她瘋啦，現在死無對證，她把屎呀、尿呀全往家寬身上潑。我們窮不死餓不死，但我們快被髒水淹死了。我們還是搬家吧，離他們遠遠的。

〈沒有語言的生活〉
——改編為《天上的戀人》

電視劇《沒有語言的生活》劇照

王家寬扶著王老炳過了小河，爬上對岸。蔡玉珍扛著鋤頭、鏟子跟在他們的身後。村莊的對面，也就是小河的那一邊是墳場，除了清明節，很少有人到河的那邊去。王老炳過河之後，幾乎是憑著多年的記憶，走到了他的祖父王文章的墓前。這段路他走得平穩、準確無誤，根本不像個盲人。王家寬不知道王老炳帶他來這裡幹什麼。

王家寬說，爹，你要做什麼？王老炳說，把你曾祖父的墳挖了，我們在這裡蓋新房。蔡玉珍向王家寬比了一個挖土的動作。王家寬想，爹是想幫曾祖父修墳。

王家寬在王文章的墳墓旁挖溝除草，蔡玉珍的鋤頭卻揮向墳墓。王家寬抬頭看見他曾祖父的墳在蔡玉珍的鋤頭下土崩瓦解，轉眼就塌了半邊，嚇得臉色慘白。他神色莊重地奪過蔡玉珍手裡的鋤頭，然後用鏟子把泥巴一鏟一鏟地填到缺口裡。

王老炳沒有聽到挖土的聲音，他說，蔡玉珍，妳怎麼不挖了？這是個好地盤，我們的新家就建在這裡。我祖父死的時候，我已經懂事了。我看見我祖父是裝著兩件瓷器入土的，那是值錢的古董，妳把它挖出來。妳挖呀。是不是家寬不讓妳挖，妳叫他看我。王老炳說著，比了一個挖土的動作。他的動作堅決果斷，甚至是命令。

王家寬說，爹，你是叫我挖墳嗎？王老炳點點頭。王家寬說，為什麼？王老炳說，挖。蔡玉珍撿起橫在地面的鋤頭，遞給王家寬。王家寬不接，他蹲在河邊看河對面的村莊，以及他家的瓦簷。他看見炊煙從各家戶的屋頂升起，早上的天空被清澈的煙染成藍色。有人趕著牛群出村。誰家的雞飛上劉順昌家的屋頂，昂首闊步來來回回。

王家寬回頭，看見墳墓又缺了一個角，新土覆蓋舊土，蔡玉珍像一隻螞蟻正艱難地啃食著一塊大餅。王老炳摸到了地上的鋤頭，慢慢地把鋤頭舉起來，慢慢地放下去，鋤頭砸在石塊上，偏離目標，差一點兒鋤到王老炳的腳。王家寬想，看來他們是下定決心要挖這座墳了。王家寬從他爹手上接過鋤頭，緊閉雙眼把鋤頭鋤向墳墓。他在做一件他不願意做的事情。他渴望閉上雙眼。他想，爹的眼睛如果不瞎，他就不會向他燒香磕頭的地方動鋤頭。

挖墳的工作持續了半天，他們總算整出了一塊平地。他們沒有看見棺材和屍骨。王家寬說，這墳裡什麼也沒有。王老炳聽到王家寬這麼說，十分驚詫。他摸到剛整好的平地上，抓起一把泥土，放到鼻尖前嗅了又嗅。他想，我是親眼看看祖父下葬的，棺材裡裝著兩件精美的瓷器，現在怎麼連一根屍骨都沒有呢？

時間到了夏末，王家寬和蔡玉珍在對岸蓋了兩間不大不小的小屋。他們把原來的房屋一點一點地拆掉，屋頂上的瓦也全都挑到了河那邊。他們原先的家，完全暴露在光天化日之下。

搬家的那天，王家寬甩掉許多舊東西。他砸爛那些油膩的罈子，劈開幾個沉重的木箱。他對過去留下來的東西帶著一種天然的仇恨。他像一個即將遠行的人輕裝上路，只帶上他必須攜帶的物品。

整理他爹的床鋪時，他在床下發現了兩個精美的瓷瓶。他揚手準備把它扔掉，被蔡玉珍及時攔住。蔡玉珍用毛巾把瓷瓶擦亮，遞給王老炳。王老炳用手一摸，臉色唰地變了，說，就是它，我找的就是它。我明明看見它埋到了祖父的棺材裡，現在又從哪裡跑出來了？幫忙搬家的人說，是王家寬從你床鋪下面翻出來的。王老炳說，不可能。

王老炳端坐在陽光裡，抱著瓷瓶不放。搬家的人像搬糧的螞蟻，走了一趟又一趟。他們看見王老炳面對從他身邊走過的腳步聲笑，面對空蕩蕩的房子笑，笑得合不攏嘴。

王老炳一家完全徹底地離開老屋是在這一天傍晚。搬家的人都散了，王家寬從老屋的火坑裡點燃火把，眼淚隨即掉下來。他和火把在前，王老炳和蔡玉珍斷後。王老炳懷抱兩個瓷瓶，蔡玉珍小心地攙扶著他。

過了小木橋，王老炳叫蔡玉珍拉住前面的王家寬，要大家都在河邊把腳洗乾淨。他說，你們都來洗一洗，把髒東西洗掉，把壞運氣洗掉，把過去的那些全部洗掉。三個人六隻腳在火光照耀下，全都泡進水裡。蔡玉珍看見王家寬用手搓他的腳，搓得一絲不苟，像有老繭和鱗甲從他腳上一層層脫下來。

村莊裡的人全都站在自家門口，目送王家寬一家人上岸。他們覺得，王家寬手上的火把像一簇鬼火，無聲地孤單地游向對岸。那簇火只要把新屋裡的火引燃，整個搬遷的儀式也就結束了。一同生活了幾十年的鄰居，就這樣看著一個鄰居從村莊消失。

一個秋天的中午，劉順昌從山上採回滿滿一背簍的草藥。

他把草藥倒到河邊，然後慢慢地清洗它們。河水像趕路的人，從他手指間快速流過。他看到淺黃的樹葉和幾絲枯草，在水上漂浮。他的目光越過河面，落到對岸王老炳家的泥牆上。

他看見王老炳一家人正在蓋瓦。王老炳家搬過去的時候，房子只蓋了三分之二。那時，劉順昌勸他，等房子全蓋好了，再搬走也不遲。但王老炳像躲債似的，急急忙忙地趕到那邊去住，現在他們利用空餘時間補蓋房子。

蔡玉珍站在屋簷下撿瓦，王老炳站在梯子上接，王家寬在房子上蓋。瓦片從一個人的手裡傳到另一個人的手裡，最後堆在房子上。他們配合默契，遠遠地看過去看不出他們的殘疾，看不出他們的破綻。王家寬不時從他爹遞上去的瓦片中選出一些斷瓦扔下來，有的被他扔到河裡。劉順昌只看到小河裡水花飛揚，卻聽不到斷瓦殘片砸入河中的聲音。這是個沒有聲音的中午，太陽在小河裡靜靜地走動。王老炳一家人不斷地彎腰舉手，沒有發出絲毫的聲響。劉順昌看著他們，像看無聲的電影，也彷彿是自己的耳朵突然失靈，沒了聲音。他們就像陰間裡的人，或畫在紙上的人。他們在光線裡的動作，輕飄、單薄、虛幻。

劉順昌看見房上的一塊瓦片飛落，碰到蔡玉珍的頭上，破成四五塊碎片。蔡玉珍雙手捧頭，彎腰蹲在地上。劉順昌想，蔡玉珍的頭一定被砸破了。劉順昌朝那邊喊話，老炳，蔡玉珍的頭傷得重不重？需不需要我過去看一看，幫她敷點草藥？那邊沒有回音，他們好像沒有聽到劉順昌喊話。

電視劇《沒有語言的生活》劇照

王家寬從房子上走下來，把蔡玉珍背到河邊，用河水為她洗臉上的血。劉順昌喊，蔡玉珍，妳怎麼啦？王家寬和蔡玉珍仍然沒有反應。劉順昌撿起腳邊的一顆石子，往河邊砸過去。王家寬朝飛起的水花匆匆一瞥，便走進草叢為蔡玉珍採藥。他把他採到的藥放進嘴裡嚼爛，再用右手摳出來，敷到蔡玉珍的傷口上。

蔡玉珍再次趴在王家寬的背上。王家寬背著她往回走。儘管小路有一點坡度，王家寬還能在路上一邊跳一邊走，像從某處背回新娘一樣快樂愜意。蔡玉珍被王家寬從背上顛到地面，她在王家寬的臂膀上擂上幾拳，想設法繞過王家寬往前跑。但是王家寬張開他的雙手，把路攔住。蔡玉珍只得用雙手搭在王家寬的雙肩上，跟著他走。

跳了幾步，王家寬突然返身抱住蔡玉珍。蔡玉珍像一張紙片，輕輕地離開地面，落入王家寬的懷中。王家寬把蔡玉珍抱進家門。王老炳摸索著也進入家門。劉順昌看見，王家的大門無聲地合攏了。劉順昌想，他們一天的生活結束了，他們看上去很幸福。

秋風像夜行人的腳步，在河的兩岸，在屋外沙沙地走著。王老炳和王家寬都已踏踏實實地睡去。蔡玉珍聽到屋外響了一聲，像是風把掛在牆壁上的什麼東西吹落了。蔡玉珍本來不想理睬屋外的聲音，她想，瓦已經蓋好了，家已經像個家了，應該安穩地睡個好覺。但她怕她晾在竹竿上的衣服被風吹落，於是從床上爬起來。

她拉開大門，一股風灌進她的脖子。她把手電筒打開，看見光照像一根無限伸長的棍子，一頭在她的手上，另一頭擱在黑夜裡。她拿著這根白晃晃的棍子走出家門，轉到屋角看晾在竹竿上的衣服。衣服還晾在原先的位置，風甩動那些垂直的衣袖，像一個人的手臂被另一個人強行地扭來扭去。蔡玉珍想收那些衣服，她把手電筒叼在嘴裡，雙手伸向竹竿。她的手還沒有搆著竹竿，便被一雙粗壯的手臂摟住了。那雙手摟著她飛越一條溝，跨過兩道檻，最後一起倒在河邊的草堆裡。蔡玉珍嘴裡的手電筒在奔跑中跌落，玻璃燈泡破碎，照明工具瞎了，河兩岸亂糟糟地黑。

那人撕開她的衣服，像一隻吸奶的狗用嘴在她胸口亂摸。蔡玉珍想喊，但她喊不出來。她的胸被啃得火辣辣地痛。她記住這個人有鬍鬚。那人想脫她的褲子。蔡玉珍雙手緊抓褲頭，在草堆裡打滾。那人似乎是急了，騰出一隻手來摸他的口袋，摸出一把冰涼的刀。他把刀貼在蔡玉珍的臉上。蔡玉珍安靜下來。蔡玉珍聽到褲子破裂的聲音，她知道她的褲襠被小刀割破了。

蔡玉珍像一匹馬，被那人強行騎了上去。掙扎中，她的褲襠徹底地被撕開了。她想現在抓著褲頭已經沒有用處。她張開雙手，十根手指朝那人的臉上抓去。她想，明天，我就去找臉皮被抓破的人。

強迫和掙扎持續了好久，蔡玉珍的嘴裡突然吐出幾個字：我要殺死你。她把這幾個字劈頭蓋臉吐向那人。那人從蔡玉珍的身上彈起來，轉身便跑。蔡玉珍聽到那人說，我撞到鬼啦，啞巴怎麼也能說話？聲音含糊不清，蔡玉珍分辨不出那聲音是誰的。

當她回到床前，點燃油燈時，王家寬看到了她受傷的胸口和裂開的褲襠。王家寬搖醒他爹，說，爹，蔡玉珍剛才被人抓走了，她的褲襠被刀子劃破，衣服也被撕爛了。王老炳說，你問問她，是誰幹的好事！王老炳想，說也是白說，王家寬他聽不到。王老炳嘆了一口氣，對著隔壁喊，玉珍，妳過來，我問問妳。妳不用怕，爹什麼也看不見。

蔡玉珍走到王老炳床前。王老炳說，妳看清楚是誰了嗎？蔡玉珍搖頭。王家寬說，爹，她搖頭，她搖頭做什麼？王老炳說，妳沒看清楚他是誰，那麼妳在他身上留下什麼傷口了嗎？蔡玉珍點頭。王家寬說，爹，她點頭了。王老炳說，傷口留在什麼地方？蔡玉珍用雙手抓臉，又用手摸下巴。王家寬說，爹，她用手抓臉還用手摸下巴。王老炳說，妳用手抓了他的臉還有下巴？蔡玉珍點頭又搖頭。王家寬說，現在，她點了一下頭又搖了一下頭。王老炳說，妳抓了他臉？蔡玉珍點頭。王家寬說，她點頭。王老炳說，妳抓了他的下巴？蔡玉珍搖頭。王家寬說，她搖頭。蔡玉珍想說那人有鬍鬚，她嘴巴張了一下，但什麼也沒有說出來。她急得想哭。她看到王老炳的嘴巴上下長滿了濃密粗壯的鬍鬚，她伸手在上面摸了一把。王家寬說，她摸你的鬍鬚。王老炳說，玉珍，妳是想說那人有長鬍鬚嗎？

蔡玉珍點頭。王家寬說，她點頭。王老炳說，家寬他聽不到我說話，即使我懂得那人的臉被抓破，嘴上長滿鬍鬚，這仇也沒法報啊。如果我的眼睛不瞎，那人哪怕跑到天邊，我也會把他抓出來。孩子，妳委屈啦。

蔡玉珍哇地一聲哭了，她的哭聲十分響亮。她看見王老炳瞎了的眼窩裡冒出兩行淚。淚水滾過他皺紋縱橫的臉，掛在鬍鬚上。

無論是白天或者黑夜，王家寬始終留意過往的行人。他手裡提著一根木棒，對著那些窺視他家的人晃動。他懷疑所有的男人，甚至懷疑那個天天到河邊洗草藥的劉順昌。誰要是在河那邊朝他家多看幾眼，他也會不高興也會懷疑。

王老炳叫蔡玉珍把小河上的木板橋拆掉，王家寬不允。他朝準備拆橋的蔡玉珍晃動他手裡的木棒，堅信那隻饞嘴的貓一定還會過橋來。王家寬對蔡玉珍說，我等著。

王家寬耐心地等了將近半個月，終於等到了報仇的時機。他看見一個人跑過獨木橋，朝他家過來。王家寬暫時還看不清那個人的面孔，但月亮已把來人身上白色的襯衣照得閃閃發光。王家寬用木棒在窗戶敲了三下，這是通知蔡玉珍的暗號。

那個穿白襯衣的人來到王家門前，四下望一眼後，便從門縫往裡面看。大概是什麼也沒看見，他慢慢地靠近王家寬臥室的窗戶，踮起腳尖伸長脖子窺視。王家寬從暗處衝出來，舉起木棒橫掃那人的小腿。那人像秋天的蚱蜢般跳開，還沒有站穩就跪到了地上。那人爬起來試圖逃跑，但他剛跑到屋角，王家寬就喊了一聲，爹，快打。屋角落下一根木棒，正好砸在那人的頭上。那人抱頭在地下滾了滾，又重新站起來。他的手裡已經抓住了一塊石頭。他舉起石頭正要砸向王家寬時，蔡玉珍從柴堆裡衝出，舉起一根木棒朝拿石頭的手掃過去。那人的手痛得縮了回去，石頭掉在地上。

電視劇《沒有語言的生活》劇照

那個人被他們三人合力打趴在地上，再也不能動彈了，他們才拿起手電筒照那個人的臉。王家寬說，原來是你，謝西燭。你不打麻將啦？你跑到這裡來幹什麼？謝西燭的嘴巴動了動，說了一句含糊不清的話。王老炳和蔡玉珍誰也沒聽清楚。

蔡玉珍看見謝西燭的下巴留著幾根鬍鬚，但那鬍鬚很稀很軟，他的臉上似乎也沒有被抓破的印痕。蔡玉珍想，是不是他的傷口已經全部癒合了？王家寬問蔡玉珍，是不是他？蔡玉珍搖頭，意思是說我也搞不清楚。王家寬的眼睛突然睜大。蔡玉珍看見他的眼球快要蹦出來似的。蔡玉珍又點了點頭。

蔡玉珍和王家寬把謝西燭抬過河，丟棄在河灘。他們面對謝西燭往後退，一邊退一邊拆木板橋，那些木頭和板子被他們丟進水裡。蔡玉珍聽到木板咕咚咕咚地沉入水中，木板像溺水的人。

自從蔡玉珍被強姦的那個夜晚之後，王老炳覺得他和家寬、玉珍彷彿變成了一個人。特別是那個晚上的床前對話留給他怎麼也抹不去的記憶。他想，我發問，玉珍點頭或搖頭，家寬再把他看見的說出來，三個人就這麼交流和溝通了。昨夜，我們又一同對付謝西燭，儘管家寬聽不到，我看不見，玉珍說不出，我們還是把謝西燭打敗了。我們就像一個健康的人。如果我們是一個人，那麼我打王家寬就是打我自己，我摸蔡玉珍就是摸我自己……現在，橋已經被家寬他們拆除，我們再也不跟那邊的人來往。

無聊的日子裡，王老炳坐在自家門口無邊無際地狂想。他有許多想法，但他無法去實現。他恐怕要這麼想著、坐著終其一生。他才跟蔡玉珍說，如果沒有人再來干擾我們，我能這麼平安地坐在自家的門口，我就知足了。

村裡沒有人跟他們往來。王家寬和蔡玉珍也不願意到河邊去。蔡玉珍覺得，他們雖然跟那邊只隔著一條河，但是心卻隔得很遠。她想我們算是徹底地擺脫他們了。

只有王家寬不時有思凡之心。夏天到來時，他會挽起褲腳涉過河水，去摘桃子吃。一般他都是晚上出動，沒有人看見他。他最愛吃的桃子，是朱靈照相時曾經靠過的那棵桃樹結出來的桃子。他說，那棵桃樹結的果實特別甜。

大約一年之後，蔡玉珍生下了一個活蹦亂跳的男孩。孩童嘹亮的啼哭，讓王老炳坐立不安。王老炳問蔡玉珍，是男的還是女的？蔡玉珍抬起王老炳布滿厚繭的右手，小心地放到孩童的鳥仔上。王老炳捏著那團稚嫩的軟乎乎的肉體，像捏著他愛不釋手的菸桿嘴。他說，我要為他取一個天底下最響亮的名字。

王老炳為孫子的名字整整想了三天。三天裡，他茶飯不思，像變了個人似的。最先他想把孫子叫做王振國或者王國慶，後來又想到王天下、王中正什麼的，他甚至連王八蛋都想到了。左想右想、前想後想，王老炳想，還是叫王勝利好。家寬、玉珍和我終於有了一個聲音響亮的後代，但願他耳聰目明、口齒伶俐，將來長大了，再也不會有什麼難處，能戰勝一切，能打敗這個世界。

在早上、中午或者黃昏，在天氣好的日子裡，人們會看見王老炳把孫子王勝利舉過頭頂，對著河那邊喊王勝利。有時候，小孩把尿撒在他的頭頂他也不管，他只管逗孫兒喊孫兒。王家開始有了零零星星的自給自足的笑聲。

不過，王家寬仍然不知道，他爹已經給他的兒子取了一個響亮的名字。他基本上是靠他的眼睛來跟兒子交流。對他來說，笑聲是一種永遠也無法企及的奢侈品。當他看到兒子咧開嘴角，露出幸福的神情時，他就想，那嘴巴裡一定吐出了一些聲音。如果聽到那聲音，就像口袋裡裝著大把錢一樣愉快和美妙。於是，王家寬自個給兒子取了個名字，叫王有錢。王老炳多次阻止王家寬這樣叫，但王家寬不知道怎麼個叫法，他聽不到王勝利這三個字的發音，他仍然叫兒子王有錢。

王勝利漸漸長大，每天他要接受兩種不同的呼喊。王老炳叫他王勝利，他乾脆俐落地答應了。王家寬叫他王有錢，他也得答應。有一天，王勝利問王老炳，你幹麼叫我王勝利，而我爹卻叫我王有錢？好像我是兩個人。王老炳說，你有兩個名字，王勝利和王有錢都是你。王勝利說，我不要兩個名字，你叫我爹不要再叫我王有錢了，我不喜歡有錢這個名字。王勝利說完，朝他爹王家寬揮揮拳，說，你不要叫我王有錢了，我不喜歡你這樣叫我。王家寬神色茫然，不知發生了什麼事。王家寬說，有錢，你朝我揮拳頭做什麼？你是想打你爹嗎？

〈沒有語言的生活〉
——改編為《天上的戀人》

王勝利撲到王家寬的身上，開始用嘴咬他爹的手臂。王勝利一邊咬一邊說，叫你不要叫我有錢了，你還要叫，我咬死你。

王老炳聽到啪的一聲耳光，他知道那是王家寬扇王勝利發出的。王老炳說，勝利，你爹他是聾子。王勝利問，什麼叫聾子？王老炳說，聾子就是聽不到你說的話。王勝利問，那我媽呢，她為什麼總不叫我名字？王老炳說，你媽她是啞巴。王勝利問，什麼是啞巴？王老炳說，啞巴就是說不出話，想說也說不出。你媽很想跟你說話，但是她說不出。

這時，王勝利看見他媽用手在他爹的面前比劃了幾下。他爹點了點頭說，爹，有錢他快到入學的年齡了。爺爺閉著嘴巴嘆了一口氣，說，玉珍，妳幫勝利縫一個書包吧。到了夏天，就送他入學。王勝利看著他的爺爺、爹和媽，像一隻受驚的小鳥，頭一次被他們古怪的動作和聲音嚇怕了。他的身子開始發抖，隨之嗚嗚地哭。到了夏天，蔡玉珍高興地帶著王勝利進了學堂。第一天放學歸來，王老炳和蔡玉珍就聽到王勝利吊著嗓子唱：蔡玉珍是啞巴，跟個聾子成一家，生個孩子聾又啞……。蔡玉珍的胸口像被鋼針猛猛地扎了幾百下，她失望地背過臉去，像一匹傷心的老馬大聲地嘶鳴。她想不到她的兒子，最先學到的竟是這首破爛的歌謠，這種學校不如不上了。她一想，我以為我們已經逃脫了他們，但是我們還沒有。

王老炳舉起手裡的菸桿，朝王勝利掃過去。他一連掃了五下，才掃到王勝利。王勝利說，爺爺，你幹麼打我？王老炳說，我們白養你了，你還不如瞎了、聾了、啞了的好，你不應該叫王勝利，你應該叫王八蛋。王勝利說，你才是王八蛋。王老炳說，你知道蔡玉珍是誰嗎？王勝利說，不知道。她是你媽，王老炳說，還有王家寬是你爹。王勝利說，那這歌是在罵我，罵我們全家。爺爺，我怎麼辦？王老炳把菸桿一收，說，你看著辦吧。

從此，王勝利變得沉默寡言，他跟瞎子，聾子和啞巴沒什麼兩樣。

寫畢於一九九五年三月十五日

〈沒有語言的生活〉
——改編為《天上的戀人》

〈猜到盡頭〉

—— 改編為《猜猜猜》

〈猜到盡頭〉
——改編為《猜猜猜》

一

鐵流是突然被叫走的。當時，他坐在沙發上頻繁地打著哈欠，我和兒子鐵泉抱著他的腦袋拔白頭髮。他才三十五歲就長了這麼多白頭髮，看得我心裡直著急。我說，我們寫了十多年，兩人的稿費加起來，還沒有你的白頭髮多。他咧開大嘴說，為什麼不反過來？如果把我的每一根白頭髮當作一萬，那我們該有多少稿費？鐵泉聽他這麼一說，就像拔草那樣用力。他每拔到一根白的，就興奮地叫道，我又拔到了一萬。

正當我們一家子正忙著數鐵流頭上的「鈔票」時，門鈴忽然響了。鐵流的舅舅腆著一個大肚子，夾著一個小皮包，屁股後面帶著一個漂亮的女子，風塵僕僕地走進來。鐵泉舉起手裡的白頭髮，對著舅舅喊，舅公，我從爸爸的頭上拔到了十萬。舅舅彎下腰，在鐵泉紅撲撲的小臉上掐了一把，說，十萬就十萬，這可是你自己說的。

舅舅和那個女子坐到我們家的沙發上，他從皮包裡拿出一份合約遞給鐵流，說，如果同意的話，今晚就得過去。鐵流看著那份合約，眼球如同遭受重物襲擊，一下就變了形，手也微微顫抖。看完，他把合約遞給我。我沒想到舅舅會開給鐵流這麼高的年薪，更沒想到那個女子竟然趁我看合約之時，不停地對舅舅拋媚眼。舅舅悄悄地把手繞到她身後。她撲哧地噴出一串笑，扭動著腰桿倒向沙發扶手，像是有人正在為她抓癢。

鐵流找一個泡茶的理由離開了。鐵泉在沙發前竄來竄去。如果不看在合約的面子上，我真想打電話給舅媽，但是合約上的數字太高了，高到超過了我們的所有存款。我把鐵流從廚房裡叫出來，讓他自己拿主意。他的目光在我和舅舅的臉上穿梭，彷彿在尋找暗示。舅舅說，是不是嫌少了？鐵流搖搖頭，張著嘴巴望我。我說，答案又不在我臉上。鐵流一咬牙說，就當是去體驗生活，而且我媽也不是為了讓我寫小說才把我生下來的。舅舅輕輕一笑。鐵流伏身在合約上簽字。舅舅收下合約，屁股像著了火一般飛速地離開沙發，說，我們走吧。我說，鐵流的行李還沒收拾呢。舅舅說，要不是那邊很急，我也不會上門來跟他簽約。話還沒說完，舅舅已經到了門外。那個小妖精也走了出去。鐵流跟在小妖精的後面，臨出門時，回頭對我和兒子做了一個飛吻，臉上已經有了迫不及待的表情。

轎車的聲音從樓下離去，我忽然感到家裡空了許多，耳邊又響起和鐵流討論過的話題：如果突然有了一大筆錢，我們將用來幹什麼？鐵流脫口而出，那就把你換了。當時，我們都整齊地嘆一口氣，為這種窮開心而發笑，覺得天底下哪會有那麼好的事情。但是想不到那筆錢一下就讓我們看到了，彷彿現在正叮叮噹噹地從天花板上往下掉。好事情說來就來，我沒有一點心理準備。

夜深了，才把鐵泉騙上床，我卻興奮得沒有一絲睡意，想想鐵流空著雙手出門，就打開脫漆的硬殼皮箱，往裡面裝他用得到的物品。裝滿了，我看一眼熟睡中的鐵泉，就提起皮箱悄悄地出門，在門口攔了一輛計程車，直奔溫泉度假村。僅僅過了半個小時，我便站在度假村的櫃檯前，向裡面昏昏欲睡的兩個女服務生打聽鐵流的住處。她們搖著頭說，什麼鐵流、鐵牛？沒聽說過。我說，就是你們的鐵經理，今晚剛來的。她們搖著的頭忽然停住，都扭頭看著裡面。裡面走出一位睡眼惺忪的領班，她不耐煩地嚷道，誰呀？這麼晚了……。嚷嚷聲在她的目光落到我的臉上時戛然而止，她的眼皮猛地往上一跳，眼珠子剎那間明亮了，瞌睡不見了，溫和的聲音從她的嘴裡飄出，原來是嫂子。我這才看清楚，她就是舅舅帶到我們家裡去的那個小妖精。

她走出來接過我手裡的皮箱，帶著我穿過溫泉旁彎曲的小徑，朝一幢黑暗的樓房走去。在還沒進入樓房之前，溫泉的流淌聲嘩啦嘩啦地響著，一股特別的香水味，像溫泉那樣咕咚咕咚地從她脖子上冒出來，嗆得我不得不放慢腳步。終於進入了樓房，我們來到三〇五號門前。她放下皮箱，說，鐵經理就住在這裡。我按響門鈴，裡面沒什麼反應。我再敲幾下門，裡面還是沒動靜。她從口袋裡拿出一大串鑰匙，說，每個房間的鑰匙，服務生都有。她的鑰匙在門鎖裡輕輕一轉，門裂開一道縫，裡面黑不隆咚的。她抽出鑰匙扭身離去。我提著皮箱走進房間，打開燈，裡面連一個人影子都沒有。

但是我看見衣架上掛著鐵流的外套，真皮沙發的角落堆放著鐵流身上的其他東西，什麼襯衣、內褲和襪子呀亂糟糟的，像鐵流蛻下來的一層層皮，冒著酸菜的味道。那麼，一絲不掛的鐵流到哪裡去了呢？他是不是泡溫泉去了？我來到走廊上，俯視大院，除了水聲就是從池子裡騰空的蒸氣。蒸氣把那些路燈擴大了，使整個院子顯得迷濛潮溼。我站了一會，眼睛慢慢地適應這裡，遠處那排石頭鑲嵌的木門穿過水霧越來越明顯。我跑過去，發現這是用鵝卵石砌成的獨門獨戶的房間，每一間裡都傳出隱約的流水聲。我側耳聽木門裡的動靜，聽到第五間的時候，終於聽到了鐵流的聲音。

我猶豫了一會，敲敲木門，木門一動不動，裡面傳來嬉鬧聲。我把木門推開，一團更為密集的蒸氣衝出來，熱乎乎的水池裡泡著兩個光溜溜的男女。他們驚恐地扭過頭，鼓著眼球看我。男的說，我們可是貨真價實的夫妻。女的罵道，哪裡來的神經病？那個男的不是鐵流，我帶著歉意退出來，為他們關上門，想著這個剛剛上任的鐵經理到底去了什麼地方？

二

是鐵流的聲音把我吵醒的。睜開眼，我發現自己竟然和衣躺在鐵流的床上。昨夜，我曾經反覆告誡自己不要入睡，想不到竟然稀里糊塗地睡著了。窗外的曙光落到鐵流發亮的皮鞋上，和皮鞋一樣亮的是他的頭髮，上面幾乎可以倒映出天花板上的吊燈。一條乳白色的領帶像上早班似的，提前勒住他的脖子。電視機裡天天打廣告的那套深黑色西裝，現在也跑到了他的身上。他的小眼睛在這些身外之物的襯托下，比過去明亮了好幾倍。從整體上看，他已經改頭換面了。

我從床上坐起來，用手摸了摸額頭，說，你現在才回來呀。他的臉愁得通紅，就連脖子上的領帶都鬆開了。我以為他要說出什麼重大的事情，沒想到竟然是一句，妳怎麼會在這裡？我還以為妳失蹤了。我說，那你呢，這麼好的床幹麼空著？他說，換了公司發的衣服我就回家了，想讓妳看看身上的牌子，沒想到白白等了一晚。我說，從家裡出來的時候，我特意看了一下時間。他說，我是十二點二十七分回到家裡的。我說，我沒走的時候你不回來，我前腳剛走你後腳就回了，也不打個電話。他說，我連這個房間的號碼都還沒記住，而且誰會想到妳的動作那麼快。我打開皮箱，說，我可是來送東西給你的，不知道這些舊的你還需不需要？他瞥了一眼皮箱，說，鐵泉一個人在家，你趕快回去叫他上學。我想都還沒好好說上幾句話，他怎麼就下了逐客令？我把皮箱重重地關上。

回到家，我感到頭有些暈，想再躺一會，發現被窩整整齊齊地擺在床上，還是我昨晚出去時的模樣，床單上也沒留下任何被壓過的痕跡。凡是睡過覺的人一看就知道，這張床在兩個小時之前，不可能有人睡在上面。我在床上躺了一會，怎麼也睡不著，就爬起來到洗手間想洗把臉。毛巾經過一夜的冷風，乾得有些刺手。我轉過身，把洗手間裡掛著的毛巾全都捏了一遍，沒有一張是溼的。難道鐵流已經養成了早上不洗臉的習慣？或者昨夜他根本就沒回來？

這時，電話突然響了，我抹著臉跑過去抓起話筒，才發現鈴聲是鐵泉床頭的鬧鐘發出來的。我放下話筒，走進房間，把正在熟睡的鐵泉搖醒，說，泉兒，快起來，你得上學了。他飛快地彈起來，打了一個哈欠又倒下去。我用手裡的毛巾擦擦他的臉。他睜開眼睛，欠起身子，把毛衣套到頭上。我為他穿好衣服，說，從今天開始，由媽媽送你上學。他揉揉眼睛說，爸爸呢？我說，爸爸不是當經理去了嗎？他說，當經理就不回家了。他的話像針尖那樣刺了我一下。我讓他重新坐到床上，問他，昨夜有看見爸爸嗎？他搖搖頭說，妳不是說爸爸當經理去了嗎？我說，半夜裡他回來過，你有沒有聽到開門聲？他搖搖頭。我怕鐵流還沒完全清醒，又用毛巾為他擦了一把臉，說，兒子，你好好地想一想，到底有沒有見到你爸爸？鐵泉說，沒有。我說，你不要急著回答，再想想。鐵泉嬌嫩的眉頭漸漸擰緊，臉上出現了大人的表情。這種表情持續了一會，他吐出一串聲音，我還是沒看見爸爸。我想，鐵流幹麼要騙我呢？

傍晚，鐵流提著一個塑膠袋出現在樓下。我看見他關了車門，走進來，然後就聽到他的腳步聲急迫地上來了。我把鐵泉推進房間，鐵泉用手撐住門，不讓我關門。我說，媽媽要跟爸爸談談。他勉強地鬆開手，讓我把門拉上。

門鈴響了，我坐在沙發上不動。鐵流看沒人回應就拿鑰匙把門扭開，走到我面前，想把手裡提著的烤鴨放到茶几上。我說，這是從溫泉帶過來的嗎？他用輕快的語調說，在食堂拿的，不花一分錢。我說，快把它拿開。他轉過身，想把塑膠袋往餐桌上放。我說，別把桌子弄髒了。他放下去的手快速地揚起來，回過頭皺著眉頭看我。我的臉如同摻了水泥一般硬邦邦的。他晃動著手裡的袋子，說，那妳說，我應該把它放在哪裡？我說，除了家裡，隨便你放。他把袋子重重地摔到桌上，說，不知道又碰到妳的哪根筋了？我說，床沒有動過，毛巾也是乾的，昨天晚上你回的是哪個家？他的眼珠子像車輪那樣轉了幾圈，說，為了讓妳一進門，就看到一個嶄新的丈夫，我一直坐在沙發上等妳，幾乎一夜沒闔眼。我說，但是今天早上，你的眼睛沒紅，我記得你只要熬上兩個小時的夜，眼睛就會紅得像出血。

鐵流把上衣脫下來丟到沙發上，伸手鬆領帶，抬頭望著鐵泉的房間，說，我只有熬夜寫作眼睛才紅，昨晚我只是看電視。我說，那音量一定調得很小吧，要不鐵泉怎麼會什麼聲音也沒聽到？他說，是嗎？那我們問鐵泉試試。他打開房門，把鐵泉拉出來，蹲下身子，用討好的口吻說，兒子，別害怕，爸爸只想問你一件事。鐵泉似乎從空氣裡嗅出了緊張的味道，驚慌地看著我。我對他點點頭說，你是誠實的。鐵流抓起鐵泉的小手說，你還記不記得昨天晚上的事？鐵泉結巴地說，記得。鐵流說，那你記得，半夜裡爸爸叫你起來尿尿嗎？鐵泉看著天花板，像是在回憶。鐵流拉拉他的手，提醒道，你記不記得？鐵泉小心地搖了搖頭。鐵流的臉突然變了，甩開鐵泉的手，一下子站起來，說，你怎麼就不記得了？當時，我還問你，爸爸的衣服漂不漂亮？你說帥呆了。我又問你媽媽到哪裡去了？你說不知道。你回答了我的兩個問題之後，才重新回到被窩裡的，怎麼就不記得了？

鐵泉被鐵流越來越大的嗓門嚇得全身顫抖。我對鐵流說，你不要強迫他，更不能逼供。鐵流繃緊的臉慢慢地鬆弛，他又蹲了下去，用手扶住鐵泉的雙肩，口氣緩和了許多，兒子，你再想一想，因為你的回答太重要了，它關係到爸爸和媽媽吵不吵架。鐵泉低下頭。我說，再堅持一會，泉兒，你得把我和爸爸的這個疙瘩解開，要不我們會不定期地爭吵。鐵泉抽了一下鼻子，帶著哭腔說，我不知道你們的事情。淚水漫過他的眼角。鐵流在他流淚的地方抹了一下，說，你再好好想想，即使是剛才說錯了，爸爸也不會怪你，也許一時記不得了，但是你想一想可能會記起來，你再想想……鐵泉像是不堪重負似的打著哆嗦，眼睛驚恐地張望我。

我說，夠了，你這是在逼他。沒想到我脫口而出的聲音把鐵泉嚇了一跳，他的脖子突然縮到肩膀，雙腿像站在鋼索上那樣晃盪，彷彿再晃下去他的身子就得散架。鐵流假惺惺地摟住他，用手輕輕地拍打他的後背，鼓著乒乓球那麼大的眼珠看著我吼道，妳的嗓門比高音喇叭還大，即使他記起什麼，也被妳嚇跑了。鐵流的這一吼，音量不在我之下，把鐵泉的尿都吼了出來。我看見，在鐵泉的褲管之下，已經積了一攤水，它正小心翼翼地向四周擴散。我把鐵泉拉到懷裡說，你就放過他吧。鐵泉哇地哭起來。我說，這下你該滿意了。鐵流狠狠地掃了我一眼，從鼻孔裡哼出一句髒話，轉身走出去，防盜門撞回來的巨響又嚇得鐵泉的身子一顫。

三

鐵流在那邊過著經理的生活，卻沒給我任何半點消息。我以為幾天之後他會回家，沒想到他連一通電話都沒打。堅持了好些日子，我主動撥了幾次電話給他，但房間裡一直沒人接聽，甚至半夜裡也沒人接。我想也許是他的電話壞了。一個週末的晚上，終於有人在鈴聲響過五聲之後，拿起了話筒。我說，撒了謊就不敢回家是不是？他說，工作剛開始，好多東西都要重新學，忙得頭都暈了。我說，再忙也得睡覺吧。他遲疑一會，說，我怕電話騷擾，睡覺前拔了線。我說，還有誰敢在半夜裡騷擾你？他說，這是度假村，什麼電話都有。我們正說著，話筒裡忽然傳來一個女人的聲音。我猛地警覺起來，問，誰在你的房間？他說，沒有呀。我說，明明聽到一個嘆聲嘆氣的聲音。他說，可能是跳線了。我說，不可能吧，我聽到她說走了，拜拜。他發出冷笑說，妳又疑神疑鬼了，不信妳就過來看看。

我放下話筒，剛才跳到耳朵裡的女聲一直在耳畔纏繞。我掐掐耳朵，疼痛是真實的。我回憶了一下，那不像是跳線的聲音。難道鐵流又在騙我？我來到鏡子前，看著裡面那個因睡眠不足，臉龐稍稍顯得浮腫的自己，用手指輕輕地按摩眼角，想把那些企圖成為皺紋的小褶子按下去。在我沒按它們之前，它們還老實地躲在光滑的皮膚下面，但是我一按它們，它們就像暴漲的河水頓時流淌起來，類似水波狀的線條堆上眼角，讓我不得不承認，自己的魅力已經大大地打了折扣。我想，我得找個人聊聊。

中午時分，我盡力挺直身板拉著鐵泉站在一家高級飯店門前。門僮早早地把那兩扇巨大的玻璃門拉開。在準備進去之前，我左顧右盼，孔燕還沒到。那些車輛在冷空氣中嗖嗖地奔跑，和我沒有半點關係。行人都縮著脖子。乾爽的馬路被突然砸下的雨點淋溼，原本寒冷的天氣變得加倍寒冷。冷空氣和雨點使我感到自己很可憐。我噴著熱氣，帶著鐵泉大步地走進去，來到一個事先定好的包廂，面對面地坐在一張寬大的餐桌旁。不知道這張餐桌的直徑具體是多少，但是我感覺它很巨大，大到看上去，坐在那邊的鐵泉比平時要小許多。

等了一會，我的好朋友孔燕來了。我把在跟鐵流通話時聽到的跟她說了一遍。她說，這沒什麼奇怪，男人都這樣，在條件沒成熟的時候，他們總是裝得很老實，一旦條件成熟……她搖搖頭，撇著嘴巴，好像已經看到了一個不可收拾的結局。她的表情激起了我對鐵流的進一步猜疑，我又狠狠地點了幾道菜。什麼螃蟹呀、海蝦呀、石斑魚呀，都快把我們淹沒了。我們在盤子的騰騰熱氣中埋頭吃著。我說，泉兒，你爸爸就要有錢了，不吃白不吃。鐵泉吃得肩膀一聳一聳的，整張臉幾乎裝進了盤子。我又說，如果今天我們不吃，說不定明天他有了新歡，那我們可就沒得吃了。鐵泉從盤子裡抬起沾滿蝦殼的臉，疑惑地望著我說，媽媽，新歡是什麼？孔燕說，是一個女人。鐵泉說，那我們能不能不讓爸爸有新歡？我說，吃就是一個辦法，從今天起我們每天來吃一次海鮮，把他吃窮，只要他口袋裡沒有多餘的錢，看他還拿什麼去找新歡。鐵泉點點頭，像是忽然明白了，把臉重新埋進盤子叼起一隻螃蟹，說，這就是爸爸的新歡。說完，他發狠地嚼起來，嘴裡發出咔嚓聲。孔燕和我都被他的吃相逗笑了。

菜還在源源不斷地上來，餐桌上已經盤子疊著盤子了。連我自己也不敢相信，這些菜是我點的，有的我從來就沒吃過，有的連名字也叫不上來。看看越來越多的盤子，我的胃口漸漸沒了。我說，小姐，你們是不是搞錯了，我怎麼會點這麼多菜？小姐走過來，低下頭，說，我去幫妳問問。小姐出去一會後回來，說，這些菜都是妳點的。我拍拍發熱的腦門，想這重重疊疊的明明是錢，哪裡是盤子。我說，還有沒上的菜嗎？小姐說，好像還有三盅鮑魚湯。孔燕說，能不能退了？小姐搖搖頭，說，我們這裡點了就不能退。孔燕和小姐正交涉，包廂的門被人推開，三盅鮑魚湯分別到達我們的面前。我問孔燕，剛才我有點鮑魚湯嗎？孔燕點點頭說，點了。我說，我怎麼不記得了。這湯一盅就要六百五十元，我怎麼會捨得點它？鐵泉說，妳不是要把爸爸吃窮？我對著孔燕笑笑，說，是呀，我怎麼把這個給忘了。

我賭氣地吃起來，不知不覺中感覺肚子撐得難受，一看眼前，已經吃掉了三大盤。再看鐵泉，他吃得眼睛都翻白了，還雙手捂著肚子。孔燕打了一個飽嗝，用紙巾抹一下嘴，說，為了對得起妳的這餐海鮮，我需跟妳說實話。我側側身，傾聽著。她說，鐵流幹壞事的條件已經成熟，妳得小心看看，現在危機離妳就一公釐了。

到了下午四點多鐘，我的胃才出現了緩和的跡象。我提著從飯店打包的海鮮，來到度假村鐵流的房門前，按了門鈴，裡面傳來懶散的腳步聲，貓眼黑了一下，門輕輕地打開。鐵流穿著一套嶄新的睡衣站在裡面，說，妳怎麼來了？我揚了揚手裡的袋子，說，送點吃的給你。鐵流讓我進去，鎖上房門，接過袋子放到茶几上，說，妳打斷了我的一個好夢。我看見他的臉有些發紅，眼睛也微微紅了。我問他，做了什麼好夢？他一臉壞笑，一頭撲過來把我按到床上，粗魯地捏著，強行解我的鈕扣。我在床上滾了好幾圈才把他推開，說，你是不是正在做一個下流的夢？他滾到一邊嘿嘿地咧開嘴巴，說，要不是工作忙，我早頂不住了。我說，一定是和做夢有關，否則怎麼連一點過渡都沒有。他伸手摟住我，把他的嘴巴湊到我耳朵旁說，看妳說的，我只不過夢見中了大獎，妳想到哪去了？

我的耳朵麻酥酥的，整個身體軟了下來。我躲開他的嘴巴，說，白天裡睡大覺的人，怎麼還整天喊忙？他輕輕地解我的衣釦，說，特殊情況，中午喝多了。我伸手撫摸他的睡衣，問，這也是公司發的？他說，這是我在商場買的。我打開他的睡衣，看了看裡面，說，挺合身的。他笑了笑，扒光我的衣裳，猛地撲到我身上。我閃避沒讓他得逞。他變得急躁不安，在我的肩膀狠狠地咬了一口，就像生氣的小孩。我問他，想要嗎？他說，想死了。我說，那你要跟我說實話。他說，我什麼時候說假話了？我說，告訴我，那天晚上你到底去了哪裡？他說，我哪裡也沒去，回家了。我說，但是鐵泉說沒看見你。他說，孩子睡著以後往往會迷迷糊糊，就像我小時候半夜起來尿尿，一邊尿還一邊睡。

他的解釋再加上游動的手指，使我的身體慢慢地放鬆。我說，你真的沒騙我？他舉起雙手說，誰騙妳誰就被車撞死。我怕他再詛咒下去，趕快伸手捂住他的嘴巴。他躲開我的手，透了一口氣，在我的身上用力地撲著。撲著撲著，被窩裡撲起一陣涼風，一縷似曾相識的氣味踏進我的鼻孔。我狠狠推開他，把被子捂到他的鼻子上，說，這是什麼味道？他扭過頭，說，我只不過灑了一點香水。我說，怎麼和那個領班的香水味一模一樣？他的嘴唇抖了幾下，說，是服務生灑的，每天我這裡都是服務生打掃。

我看著他撇撇嘴，外加幾聲冷笑。他說，我們都生活了十年，你不是不了解我。我說，人是可以變的，只要找到合適的土壤，壞念頭就會像草一樣生長。他攤開雙手聳聳肩，說，我們剛剛看到好生活的影子，你就來找麻煩，真是的。我說，可是只短短半個月，我已經摸不透你了。他跳下床，赤身裸體在地毯上走著，說，妳儘管大膽地猜疑吧，反正我可以發誓，我不會不愛妳。

四

你聽到過鐵流發誓嗎？他好像動不動就喜歡發誓，比如喝多了，他會發誓再也不喝，可是沒過幾天他又爛醉如泥；他向我發誓不再跟你們賭錢，但是後來他還是跟你們賭個不停。現在，我一聽到他發誓，雙腿就軟得像沒有骨頭，身上起了一層雞皮疙瘩，生怕他一不小心發誓不近女色。你聽到過他發誓不近女色嗎？

坐在書桌前的李年，把頭埋在鐵流的小說集上，像沒長耳朵似的，對我的話毫無反應。我盯著他那張誠實的臉期待著。他肥厚的嘴唇微微張開，似乎就要說話了，但是他只翻了一頁書，就把張開的嘴巴關閉。後來，我發現他每翻一頁書，就張一次嘴巴。這只是他的一種不良習慣，而不是要說話的意思。我沒有心思這麼乾坐下去，於是進一步啟發他，你跟鐵流認識了這麼多年，難道還不知道他有沒有外遇？他晃了晃身體，籐椅發出一聲怪響，都到了這個份上，怎麼樣他也應該說話了，但是他只搖了搖椅子，又把頭埋到小說集裡。我想，他假模假樣地看書，一定是在故意迴避問題。

我的猜測變得越來越像那麼回事，書頁被他翻得嘩啦啦地響，而且越翻越快，已經不像是閱讀了。我說，其實你不用為難，如果你怕背上出賣朋友的名聲，那你能不能點點頭？你只要點點頭，我就明白了。他咳了兩下，像是要做點什麼，但是咳完了什麼也沒做。我懇求道，你總得表個態吧，這是我第一次求你，難道你就忍心讓我白來一趟？他伏在桌上匆忙地寫著，額頭差不多碰到了面前那幾本辭典。我從沙發上站起來說，如果你連頭也不想點，那能不能預設？在我離開之前，只要你不說話，就算是預設了。他把寫滿數字的稿紙舉起來，終於打破沉默，說，剛才我算了一下，還需要四十五天，我就能把鐵流的小說翻譯完畢。妳能不能在這四十五天裡，不讓我捲入你們的糾紛？我說，誰叫你是他的朋友？除非你給我一個答覆，不然我天天都來煩你。

他慌忙地晃動腦袋，說，鐵流有沒有外遇，我不敢百分之百地保證，但據我觀察他不太像是有外遇的人。上個月二十三號，我們十幾個朋友喝酒，他當著大家的面說，妳為了幫他生一個孩子，經歷過五次習慣性流產，是個好母親。還有在腎結石折磨他的那兩年，妳每天都陪他在樓梯上跳幾千次，直到把他所有的結石都跳出來。要不是妳陪著他跳，他早就沒信心了，所以妳也算得上是好妻子，李年的嘴巴迅速地翻動，一副滔滔不絕之勢。我沉浸在他首先提到的兩個事件中，豈止是流產，那簡直是非人的生活，為了安胎，我整天躺在床上，連電視都不敢看，生怕肚子的孩子被好笑的節目弄掉，更別說跳樓梯，好幾次我都扭到腳，有一次還差點骨折……我在回憶中感到鼻子酸酸的，眼前的李年漸漸地模糊成一個輪廓，絲絲冰涼從兩個眼角緩慢地往下滾。李年驚訝地把手伸過來，抹了抹我的眼角，說，好好的，妳怎麼哭了？

我忽然覺得，李年的聲音是那麼好聽，他的手比棉花還柔軟。我的身子搖晃著，嘴裡發出斷斷續續的聲音，就是這個，我為他付出了那麼多的人，在半個月前變了心。我還想再說點什麼，但是哭聲把我想說的壓下去。李年的手從我的眼角移開，繞到身後摟住我，說，別哭了，妳這一哭，鄰居們都聽見了，搞不好他們會認為我欺負妳。

我越哭越傷心，他的雙手隨著哭聲增高摟得越來越緊，讓我感到即使是這幢樓倒塌了，他的手也不會鬆開。我除了感到後背有一點緊之外，身體的其他地方全都變成了木頭，突然嘴裡有了一點感覺，發現進來了一根舌頭。我的胸部隱隱作痛，那是因為他緊緊地貼著我。因為胸痛，我木然的身體忽然活了過來。我狠狠地扇了他一巴掌，用力推開他，說，連你都這樣，更別說鐵流了。

他跌坐在籐椅裡，捂著剛被扇過的左臉，吞吐地說，既然妳懷疑鐵流，為什麼不報復？我這樣做是為了幫妳報復。我對著他呸了一聲，罵道，還以為你老實，沒想到你是狗屎。他雙手捧著臉說，如今誰不在外面拈花惹草，想不到妳還這麼在乎。我說，你們男人都是這樣嗎？今天，我總算明白了。他發出一串怪笑，說，明白就好，省得到處去問。我氣得又想扇他一巴掌，但是卻不想讓他弄髒了我的手。現在才明白，原來我來到了一個最不該來的地方。我快速地拉開門，從他骯髒的屋子裡逃走。

外面的空氣格外新鮮，馬路上的行人全都像我的救命恩人，那些往來的車輛似乎也是親戚們的。我在溫馨的街道上一路小跑，不時地抹一把淚水。被我不小心撞了肩膀的「恩人」們，紛紛側過頭奇怪地看著我，有那麼幾個毫不客氣地罵我神經病。

五

我提著兩盒速食搖搖晃晃地回到家，看見鐵流正蹲在客廳裡幫鐵泉扣衣服。一套鮮豔的唐式童裝套在鐵泉的身上，把鐵泉的小臉映襯得紅撲撲的，使整個屋子都有了溫暖的色調。沙發上坐著一個我從來沒見過的人，他身穿一套擺在路邊店裡的那種西裝，雙手拘謹地放在膝蓋上，嘴裡不停地表揚鐵泉身上的衣裳。當我的目光跟他的對接時，他略微欠了欠身子。鐵流扣完最後一顆鈕扣，摸摸鐵泉的小腦袋，說，爸爸一領到薪水，首先想到的就是你們。鐵流所說的「你們」，不外乎是鐵泉和我。我的目光落到茶几上，發現上面有一個精緻的紙盒。

鐵泉笑著撲過來，接住我手裡的速食，把它們放到餐桌上。鐵流直起身拍拍蹲皺了的西裝褲，說，這位是我的好兄長王義。王義向我點頭，客氣得有些過分。鐵流脫掉上衣，掛在椅子上，伸手打一下偷吃的鐵泉，說，你不能等一等嗎？我去做好吃的。鐵流走進廚房，把隔門關上，裡面依次傳來流水聲、切肉聲、炒菜聲……

我遞了一杯茶給王義。王義接過去喝了一口，說，招科長，我讀過妳的散文，比鐵流的小說寫得有意思。我還沒來得及判斷，他便迫不及待地從衣服口袋裡拿出一本書，讓我簽名。那是一本若干年前出版的書，裡面收錄了我的五篇散文，在目錄上，我的名字被幾十個名字緊緊地夾著，連大氣都不敢出。我說，這本書不僅僅是我的，要在上面簽我的名字，就好像偷了別人的東西，不太合適吧？他把書強行塞到我手裡，說，這本書我找了好幾年，直到上個月才在書店的角落裡找到，買它就是為了看妳寫的這幾篇。我看他不像是撒謊，就在扉頁上簽了名，但是一簽完我立即就後悔了。我說，你拿這個給我簽，不是嘲諷我還沒出單行本吧？其實寫作只是我晚上的事，白天八個小時我都要工作，我只是一個上班族，你可千萬別把我當成鐵流那樣的大作家。他滿臉不可思議，說，公司的事還要妳操心？我說，不操心誰發給我薪水？順便糾正一下，我不是什麼科長，只是一般的職員。他說，拿妳這樣的才華，去做那些無聊的事真是太可惜了！

突然，碰上一個不珍惜好話，隨便拿它們送禮的人，我感到頭微微有些暈，只見他的嘴巴像嚼瓜子那樣不停地嚼著，卻沒聽清楚他還說了些什麼。在他含糊的聲音中，鐵流拉開隔門，端出一碗香噴噴的飯菜放到桌上，又把頭縮回去，隔門再次關上。王義從口袋裡拿出一張紙片，擺到我面前。我的注意力移到紙片上。他說，這上面有十二道問題，如果妳的回答完全符合標準答案，就能加入我們的俱樂部。我勾下頭，盡量把脖子往茶几上延伸，我看見：

第一道問題，在跟朋友或者同事下棋、打牌和打球的時候，你是不是很在乎輸贏？

第二道問題，如果你懷疑A偷了你的起司，那是不是在找到了真正的小偷B之後，你還是不肯相信偷你起司的人就是B？

夠了，再往下看就是傻子了。我壓住胸膛裡正在往外熊熊蔓延的大火，對著廚房喊道，你給我出來。鐵泉過去拉開隔門，叫，爸爸，媽媽叫你。鐵流關了瓦斯，擦著一張擦手的毛巾走出來。我說，鐵流，不就懷疑你在外面有女人嗎，犯不著把康復醫院的叫到家裡來測試我的精神呀。如果你認為我的懷疑是神經質的，那我們就用事實說話。

鐵流試圖解釋，但一時找不到語言，支支吾吾地愣在那裡。王義抓起茶几上的那張紙片，說誤會了誤會了，便緊張地跑出去。鐵流對著王義的背影喊，哎，你怎麼走了？還沒吃呢。王義說，我有事，先走一步。鐵流追出去，兩串慌張的腳步聲先後直撲一樓。我走到窗前往下看，那個叫王義的（也不知道他是不是真的叫王義）對鐵流比劃著，他的聲音隱隱約約地傳上來，絕對有問題，這是那種病的典型前兆，不能再往下發展啦……

竟然認為我有病，真不負責任。我抓起鐵流掛在椅子上的衣服，從窗戶扔下去。衣服展開，像一隻翅膀，落到他們的身旁。他們同時抬起頭，可能正在把我的這個行動當成有病的新證據。乾脆、索性，我走到茶几邊，拿起那個精緻的紙盒，看都不看揚手甩出窗外。紙盒分成兩半，裡面的東西趕不上盒子的速度，在空中徐徐鋪開，像一團火緩緩墜落。那是一塊紅色的絲巾，由於它價格昂貴，我曾經無數次和鐵流一起在商場撫摸過它，沒想到鐵流還一直記著。我的心一抽動，打開門，準備下樓去把他們叫回來，讓他們好好地吃一頓飯。但是我的腳剛邁出一步就縮了回來，猜想這會不會是他的一種策略？也許做賊心虛了，才企圖用絲巾來彌補。如果不是我懷疑他，這條絲巾一定還掛在商場裡。

　　這麼一想，心裡的感激頓時煙消雲散。我回過頭，看見沙發上多了一床棉被，它像是害怕了不停地顫抖。我走過去掀開它，鐵泉雙手捂著耳朵捲縮在裡面。我把他抱起來，讓他哆嗦的身體漸漸地平靜。

六

鐵泉和我乘坐的計程車停在飲料廠門口，遠遠地就聽到了從廠房那邊傳來的哐啷哐啷聲，跟著聲音到達的還有果子的香氣。我打開車門叫鐵泉下去。他扭了扭身子，把屁股牢牢地黏在坐椅上。我說，事情一辦完我就回來，花不了幾天，你不是跟我拉過鉤嗎？他說，我不想跟著阿姨。我說，阿姨這裡有飲料，隨便你喝。他咂了一下嘴巴，舔了舔舌頭，好像那些飲料的殘汁就沾在他的嘴唇上。趁他還在回憶那些味道，我把他從車上抱下來。他掙脫我的手臂，雙腳落在地上，看了我一眼，轉身朝廠房走去。一開始，他還控制著前進的速度，一邊走一邊回頭，但是這種習慣的速度只堅持了十幾公尺，他便不再堅持，而是撒腿跑了起來。我看著他跑過操場，進入廠房，彷彿還看見他穿過廠房裡排列整齊的飲料罐，撲入正在打包的阿姨的懷裡。

鐵泉的阿姨姓招，名玉立，現年二十一歲，未婚。爹媽和鐵流都說她長得比我漂亮。儘管我心裡還有點不服氣，但是他們畢竟是多數，而且在沒有獎金的情況下，他們沒有必要對這個問題不負責任。

我像個傻瓜呆站在飲料廠門口，朝廠房那邊張望。計程車的喇叭響了一下。我鑽進車裡，心裡很不踏實，總覺得不應該跟鐵泉撒謊。我伸手捏住門把想打開，但是車子已經啟動。我搖下車窗盯住廠房的門口，希望能看見點什麼動靜，果然，從門口衝出一個人來。那是鐵泉，他手裡拿著兩個易開罐朝我這邊奔跑，塞在衣服裡的罐子不時地從他奔跑的身上飛落，在地上滾動。我知道他是想送幾罐飲料給我，但是我怕他拿到飲料後不願回去，所以沒讓車子停下。他跑到廠房門口，焦急地四下張望，胸口一起一伏的，嘴裡噴出大量的熱氣。一輛又一輛計程車從他的面前晃過，他打開一罐飲料喝了一口，很失望地走回去了。

到了夜晚，我穿上一件厚衣服，背了一個包悄悄來到溫泉渡假村，坐在院子裡的一張石凳上，盯住鐵流的那個房間。那個房間黑沉沉的，院子裡和走廊上的路燈因為霧氣的瀰漫，光線不是很明朗。周圍的暗影裡晃動著成雙成對的人，輕微的咂嘴聲有時比流水還響，偶爾還聽得到男人的哀求。誰都不會相信，在這樣一個環境裡當總經理的人，不是低級趣味的人。我感到越來越有把握，甚至開始設想抓到現行時鐵流的表現——臉色慘白是一定的，而且極有可能跪下來求饒。我當然是憤怒到了極點，對著他呸了一聲，說都這樣了誰還會原諒你。由於完全沉醉在想像中，我真的呸了一聲，周圍的人都扭過頭看我，有的甚至跑開了。我笑了笑，想這僅僅是排練，好看的還在後頭。

周圍的人漸漸地散去。懶散的流水聲和昏昏欲睡的燈光使等待經受考驗，我的眼皮慢慢地沉重，不得不靠包包裡的綠油精來撐開它。但是在擦了十幾次的綠油精之後，眼皮具備了抗藥性，它越來越重、越來越重，幾乎就要睡去了，不過在每次即將睡去的一剎那，身體總會一激動，被一種興奮的東西驚醒。那種興奮的東西不是別的，就是馬上要抓到的快感。我靠這種興奮維持了一段平庸的時間，忽然本能地警覺起來。

遠處出現了動靜，雜亂的腳步聲中夾雜著熟悉的腳步聲，至少有三個以上的人，正朝著這邊走來。我伸長脖子往那邊張望，先是看見一盞燈在鵝卵石鋪成的小徑上晃動，接著就看見那個提燈的人彎著腰，把手裡的燈差不多落到了路面。燈照著一雙發亮的皮鞋，那是鐵流的。他挺著身板邁著方步，一副吃飽喝足的模樣，身後還有一個人幫他撐傘。我舉頭看了看，路燈都還亮著，有必要再舉一盞提燈嗎？一個小小的經理都耍這樣的排場，真是太過分了。抹了一把臉上的水霧，我打起百倍精神。

他們走過院子裡的小徑，登上那幢樓房。我把望遠鏡從包包裡拿出來，放到眼睛上，對著三樓的走廊觀望。走廊燈把他們照得更加清楚，甚至是雪白。快走到三〇五號房時，那個撐傘的搶先一步，從鐵流的手裡接過鑰匙打開房門。鐵流走進去，屋子裡的燈光亮起來，陪伴他的人站在門口跟他說了幾句，便熄了提燈往回走。他們一邊走一邊交頭接耳，在穿過院子時，我聽到他們說，都這麼晚了，去哪裡幫他找。他們去幫鐵流找什麼呢？

電影《猜猜猜》劇照

迷糊中有一點重量落在肩頭上，我揉揉眼睛，看見面前站著一位穿制服的女孩。她在我身上披了一件剛織好的毛衣，毛衣還散發著嶄新的氣味。我說，妳是這裡的服務生吧？她點點頭，坐下來，指著那邊的一株大樹，說，我一直在那邊織毛衣，怕妳感冒就幫妳披上了。我問她，剛才我睡著了嗎？她說，妳睡了大約一個鐘頭。我朝鐵流的那個房間望去，屋子裡的燈光已經熄滅。我又問，剛才有人上樓嗎？她搖搖頭說，沒有，自從那兩個提燈和撐傘的回去以後，院子裡就再也沒有人來過。我說，真的沒人來過？她搖搖頭，拿起石桌上的望遠鏡擺弄著，說，妳好像是在看對面的房間。我說，我在證明一些事情，我不相信抓不到他。她用手掌捂住突然張開的嘴巴，說，妳是在這裡抓犯人吧？我怕嚇著她，就說，只是開個玩笑，晚上睡不著，出來坐坐。她說，吃安眠藥能幫妳睡覺，不過不能吃多了。我吃過一瓶，後來被他們送進醫院，現在就是通宵闔不上眼睛，也不敢吃了。我說，一定是跟男朋友翻臉了。她低下頭，沉默一會兒，忽然抽泣起來。

她的抽泣讓我不好意思，好像是我把她弄哭似的。我四下望望，生怕她驚動了別人。我說，如果哭能解決問題，我早就哭了。她可能覺得我說的有一定道理，停下抽泣，吞吞吐吐地說，他跟別的女孩跑了。我發出一聲苦笑，頓時覺得她比我的親人還親。我跟她慢慢地聊，逐步知道她叫毛金花，來自鄉下，現在的工作是在溫泉渡假村洗床單。她患有嚴重的失眠，為了不打擾同宿舍的工人，每天晚上都躲到路燈底下織毛衣，然後再透過她開服裝店的遠房親戚把毛衣賣出去，每一件可以賺兩百五十元。

我們展開來聊，不在乎時間，聊得快要成為好朋友了，才發現天已經微微亮。但是鐵流的那個房間還緊緊地關著，沒有一點動靜。守了整夜，竟然沒抓到鐵流的半點把柄，我失望地站起來，把望遠鏡放進包包裡，說，怎麼會沒動靜，是不是已經知道我在這裡了？毛金花安慰我說，沒關係，說不定明天就有動靜了。我背上包，說，哪會那麼簡單。她舉起手裡的毛衣，說，如果妳認為還需要好幾個晚上的話，那最好是帶上毛線，這樣就能熬夜了。

回到家裡，我感到微微有些頭暈。準備倒頭睡覺之前，我查聽電話的留言，裡面傳來鐵流的聲音，老婆，妳去哪裡了？都深夜兩點鐘了，怎麼還不回家？回來後打個電話給我。接著傳來鐵泉的聲音，媽媽，妳出差回來了嗎？我想回家。聽完他們的留言，我拔掉電話線，走進臥室一頭撲到床上，僅僅幾秒鐘，我就什麼也不知道了。

七

在後來的幾個晚上，毛金花教會我許多種織毛衣的方法。我在她手把手的指導下，能夠織出較為複雜的圖案了，而且能夠織出手指、腳趾。

一個白天，我正在呼呼大睡的時候，鐵流突然回到家裡。他把臥室的門碰地推到牆壁上。我被撞門聲驚醒，嚇得坐起來，一定神，看見是他，立即就把臉垮了。他背著雙手進入臥室，陰陽怪氣地說，能碰上妳，算我今天運氣好。我用手指梳理頭髮，扭頭看看窗外。窗外正好吹來了三分鐘熱風，吹得樹上的葉子嘩啦嘩啦地響。

他坐到床上，身子跟著席夢思沉下去。他說，妳不是跟鐵泉說出差了嗎，怎麼還在家裡睡大覺？我的手指摸到臉上的一顆痘痘，摸著掐著，沒搭理他。他把收在身後的手露出來，手裡拎著我快要織完的一隻帶著五根腳趾頭的襪子，說，前天晚上，我看見沙發上放著一頂織好的男帽，現在又在織襪子了，速度真是快呀，那頂帽子呢？我說，送人了。他把襪子摔到床上，氣呼呼地站起來，在床前來回走了幾趟，然後指著我說，差不多一個星期了，每天晚上妳都不在家裡，原來是到外面給我織綠帽子去了。我打開他指著我的手，從床上躍起，站得比他還高出一大截。本來，我想對他來幾句帶火藥味的話，但是就在那些話即將衝出嘴巴的時刻，我突然改變了主意，我做出一副無所謂的態度，在席夢思上徘徊著，說，不能光你有女朋友，這就好像天平，只有兩邊都有了才不傾斜。

他的臉被我氣得像塗了紅墨水，脖子也憋粗了。我知道他是想說一句話，可是那句話怎麼也說不出來。最後，他不得不鬆鬆領帶，憑藉巴掌拍到衣櫃上的那股力量，把話大聲地抖出來，誰說我在外面有了？我說，不用誰說，有那些跡象就夠了。他說，妳懷疑來懷疑去，是不是精神出問題了？我說，僅僅是差一點證據，等我拿到了，就知道誰的精神出問題。他說，那妳就去找證據吧，恐怕你還沒找到，我已經先找到你的了。我學著他舉手的樣子把雙手舉起來，說，歡迎你找。他怒氣沖沖地轉過身，像一團風捲出去，彷彿現在就去找證據。我想他被激怒了，動起來了，尾巴就要露出來了。

招玉立打電話給我說，鐵流已經到爸媽那裡去談了一次，他希望我們招家，能為我近一個星期徹夜不歸的行為做出解釋。儘管他動用了含蓄的寫作技巧，使用了模稜兩可的語言，但是多年來一直堅持閱讀小說的招玉立，還是聽出了他的弦外之音，那就是鐵流已經反過來懷疑我了。玉立勸我適當地讓讓步，以免家庭破碎。我告訴玉立，再給我幾天時間，如果他在懷疑我不忠的情況下，還沒讓我找到把柄，那我將對他刮目相看。

晚上，我和毛金花並排坐在石凳上，盯住鐵流的那個房間織毛衣。原先只有一雙眼睛看著的房間，現在有了兩雙眼睛看著，而且毛金花還不停地提醒我，她的視力一流，過去在鄉下時，可以清楚地看見幾個山頭之外的行人。有了她的這個保證，我想應該是萬無一失了。但是十一點鐘之前，我們即使有再好的視力也沒派上用場，流水的聲音還是昨天的聲音，行人也彷彿還是昨天的行人，不存在任何值得特別注意的現象。到了十一點鐘，兩個像是喝醉了的人相互攙扶著，從那邊歪歪倒倒地過來，為冷清的小徑增添了趣味。起初，我並不在意，但是當他們快走到我面前時，才發現那就是我等待已久的人，其中一個是鐵流，另一個是鐵流的朋友李年。他們搖搖晃晃地上樓，開門費了一定時間。毛金花說，起碼試了四把鑰匙，他們才把門打開。

李年的到來，使我覺得現場一下就近了。一個連朋友的妻子都想下手的人，怎麼會不在夜裡做點什麼壞事，最好他能叫上兩個按摩小姐，讓我一下逮住四個，那才叫意外收穫。但他們像死人一般並不理會等待者的心情，我都已經為即將抓到的興奮激動不已了，他們的那扇門卻如同一塊石頭，毫無表情地擺在那裡，使我和毛金花成了欣賞房門的木匠。第二天晚上，當我舉著被瓷瓶劃破的手指，再次坐到這裡的時候，才知道房門一動不動的奧祕。毛金花告訴我，一大早，領班就叫她去收拾鐵流的那個房間。她一進去，就聞到了鋪天蓋地的酒氣，床單上沾滿了他們吐出來的髒物。原來他們是真的喝醉了。

大約就在毛金花收拾房間的那個時間，我回到家裡。客廳裡到處都是破碎的瓷片，有的鑽到了沙發底下，有的飛上了酒櫃。結婚十年來，我不間斷地在鐵流的每一個生日，送給他一隻屬於他生肖的瓷羊，而他也在我的每個生日，送我一隻屬於我生肖的瓷狗。那些羊和狗一年一個式樣，擺在架子上是二十種栩栩如生的姿態，可是現在它們全都被鐵流砸爛了。

我站在色彩繽紛的瓷片中間發了一會呆，然後慢慢地蹲下去，把碎了的瓷片一塊一塊地撿到手裡。每撿一塊，我的腦海就浮現一次鐵流送禮物時的模樣，耳邊甚至迴響起鐵流好聽的聲音。他一直喜歡從後面摟著我，喜歡把嘴巴貼著我的耳朵，悄悄地來那麼一句，似乎是要讓那句話得到麻酥酥的耳根的幫助，長久以來保存在我的記憶裡。他曾經說過一句最好聽的，擁有妳一次，我就夠了，多出來的全都是妳對我的恩賜。這個聲音好像還趴在客廳的牆壁上，現在正迴盪在客廳裡。我的身體為之一顫，瓷片劃破手指，一股鮮血湧出。奇怪的是我一點也不覺得痛，只是覺得很傷心，我看見一滴淚打到我手裡的瓷片上，它就像是大雨來臨時的第一個雨點。

八

如果不是做好了充分的準備，鐵流是不敢砸那些生肖的。我和衣倒在床上，不吃不喝，抱頭想著家裡發生的事情，想得頭像撞了牆壁那樣地痛。從早想到晚，又從晚想到早，我的肚子首先發出了妥協的訊號，它嘰哩咕嚕地叫著，像是在跟我討飯吃。我真想爬起來再到海霸王大吃一頓，才不管他在外面有沒有女人。他連我們過去的感情都不要了，我還有什麼必要把精力放到他的身上。這自暴自棄的想法，使我的身體忽然鬆弛下來，心胸頓時開闊得像籃球場。

但是我只吃了一碗泡麵，就把剛才的想法否定了，而且突然明白，人在餓著和飽著時的想法是有巨大差別的。我為了抓到他的證據，已經好幾個通宵不知道睡覺的滋味了，如果現在放棄，那前面的工作豈不是白費？況且事情往往都是這樣的，越到想放棄的時候，越有可能是接近目標的時候。新的想法像蟲子咬著我的腦神經，我重重地放下碗筷，再也沒心思吃了。一股強勁的力量把我推出家門。

這是個在冷天裡難得一見的好天氣，溫泉的上空晴朗透明，天空中竟然出現了淺淺的彩虹。一些身體泡在溫泉的大池裡，只露出透氣的小洞和眼睛。我提著布袋繞過大池旁邊的小徑爬上樓房，對著鐵流的房門拍了幾下，裡面靜悄悄的，走廊上也沒有聲音，安靜得都想哭。我回頭看著院子，院子裡的水面、樹葉和草片，把亮光強烈地反射上來，照得我的眼睛陣陣生痛。我在走廊上站了一會，提著布袋下樓，到櫃檯打聽鐵流的去向。其中一個服務生對我搖搖頭說，一般我們都不知道經理去哪裡。我說，妳手上不是有他的手機號碼嗎？她翻翻本子說，我們沒有他的號碼，除了領班，很少有人知道他的號碼。我說，領班呢？她說，領班也不知道去哪裡了？另一位服務生突然插嘴說，好像領班跟鐵經理一起坐車出去了。

我又回到鐵流的門前，坐到地毯上等他。走廊外側欄杆的影子投射過來，我倒出布袋裡的瓷片，光線裡浮起一層細小的灰塵。我的手指，包括一根還貼著 OK 繃的手指，開始在凌亂的瓷片中尋找相關的瓷片，然後憑藉記憶用萬能膠水把它們黏在一起。慢慢地，我的手掌上出現了一頭傷痕累累的瓷羊。我從不同的角度看它，覺得挺不錯，就把它擺在面前的欄杆上。這樣欄杆的影子上多出了一隻羊，後來又多出了一隻狗，再後來又多出了一隻羊、一隻狗……如此一隻一隻地擺下去，它們當然沒有擺在家裡時那麼生動，甚至我有可能把一九九八年的狗腿黏到了一九九五年的狗身上，也不可避免地把一塊狗肚當成了羊背，色彩出現了錯亂，但它們似乎更加五彩斑斕了。

漸漸地有人把頭從溫泉裡抬起來，往我這邊張望。看的人越來越多，包括一些服務生。我沒理他們，把那些能黏的都黏好。鐵流還沒有回來，我從地毯上直起身，感到腿有些痠麻。我伏到欄杆上，俯視樓下眾多的人頭，看見那個領班也擠在裡面，而且正拿著手機說話，好像在現場直播。小妖精都回來了，怎麼不見鐵流？我分開欄杆上重新黏好的羊和狗，坐到它們中間，朝溫泉的大門望去。底下的那幫人以為我要跳樓，不約而同地發出驚叫，混亂的聲音像蒼蠅遇到了拍子，從他們的頭頂四處飛散。一種叫做刺激的東西如同冷風，灌進我的脖子，讓我的身上冒出了許多雞皮疙瘩。我突然有了跟他們玩一玩的想法，當然也包括跟鐵流玩。

樓下出現了一陣小小的騷動，我看見毛金花這個大傻瓜扛著五床棉被，擠到樓下，把它們鋪在地上。兩個保全抓起一張雪白的被子，對著我正在晃動的雙腳，做出一副捨己救人的架勢。幾位剛從溫泉裡跳出來，腆著大肚子只穿著三角褲的遊客走近保全，一起把被窩拉得像跳床。他們的身體掛著水珠，只一眨眼就把站著的地方淋溼了。我在心裡暗暗叫苦，毛金花啊毛金花，妳這不是明擺著要我跳下去嗎？

小妖精的手機又響了，她仔細地聽著。直覺告訴我，這是鐵流打來的。她聽了一會，合上手機，從人群中撤出去，慌張地往飯店那邊跑。我對著她的背影喊，快去把你們的鐵經理叫來。她像是被我的聲音絆住了，雙腿一閃，幾乎跌倒在路上。但她畢竟有經驗，聲音嚇不倒她，很快她就穩住身子，回頭掃了我一眼，接著往前跑。這時我才看見鐵流正拉著鐵泉跑過來。

鐵流把鐵泉丟給小妖精，自己躍過幾個路障，以短跑運動員的速度跑到樓下，還沒把氣喘順，就對著樓上舉起雙手，說，別別別，千萬別跳，婷婷，我們可以商量。我拿起欄杆上的一隻瓷狗，舉到陽光裡看著。鐵流說，我錯了，我不應該砸爛它們，但是必須說明一下，砸它們的時候我喝了很多酒。我晃動雙腳，連看都不想看他，一隻高跟鞋從我的腳上落下去，掉到他們拉開的被窩裡。人群一片喧譁。鐵流緊張地昂著頭，說，我明白妳的意思，我不應該找理由。他的檢討並沒能阻止我的另一隻高跟鞋，它從我的腳上滑下去，和它的同伴躺在一起。

樓下變得繁忙了，被窩移動著，人群晃動著，好多嘴裡發出更為強烈的驚叫。忽然，我聽到一個親切的聲音，從嘈雜的聲音中脫離出來，那是帶著哭腔的鐵泉的聲音，他在大聲地喊我。我扭頭看下去，他站在最前面，抹著眼淚說，媽媽，我記起來了，那天晚上爸爸是回家了。我說，泉兒，這裡不用你管，叫你爸爸說話。鐵流結結巴巴地說，只要妳不跳，什麼條件我都可以滿足妳。我說，沒別的條件，只希望你說實話，你在外面到底有沒有？鐵流低下頭。我說，求你別騙我。鐵流說，如果妳不跳，那我就認了。

他終於承認了。要不是給他一點壓力，他會承認嗎？我把垂著的雙腳收回來踏著欄杆，準備結束這場快要變成真實事件的遊戲。忽然我像被棍子敲了一下，轟地倒到走廊上。

九

鐵流的三〇五號房現在被我占用了。床頭櫃上除了擺著那些重新黏好的生肖，還放著一籃多少有點誇張的鮮花。我像一個病人躺著，手背處吊著點滴。一位剛剛從國外回來的醫生，在敲過我的手指，翻過我的眼皮，刮過我的腳底，測過我的血壓，摸過我的脈搏，聽過我的心臟之後，撇撇嘴，露出一絲難以覺察的怪笑，似乎怎麼也不理解我為什麼還要躺著？他把聽診器從耳朵移到脖子上，轉身對著鐵流，一張嘴，立刻就印證了我的猜測。他說，她的生命指數沒有任何問題，可能是過於緊張了，休息休息便沒事。鐵流放心地點點頭，把醫生禮貌地送出去。我的腦海裡突然跳出一首詩歌的標題——送瘟神。我知道這個時候，不應該突然想起這樣的標題，但是它就像噴嚏一樣讓你無法阻擋。

看著滴答的藥水，我感到百無聊賴，忽然鐵泉斜背著書包跑進來，他的小臉蛋被風吹得紅撲撲的。擦了一把額頭，他從書包拿出一塊巧克力遞給我，說，一放學，爸爸的司機就把我接過來了。我把巧克力推回去，說，你吃吧。他剝開巧克力，塞到我的嘴裡。我聞到了一股令人討厭的氣味，嘴裡的巧克力全都吐了出來。我說，這是什麼味道？鐵泉抽了抽鼻子，說，沒什麼味道。我四下張望正在尋找味道，味道就出現在門口了。

小妖精提著一袋水果來到床前，臉上的每個地方都是笑的。她把水果放到茶几上，坐到床邊，親切地喊了一聲嫂子。如果不是她身上那股特殊的香水味，我真的願意被她的那聲稱呼好好地感動一番。但是，她的香水味讓我產生了不愉快的聯想，所以我對她聲情並茂地稱呼，不僅不感動反而排斥。也許她從我皺著的眉頭上看出了我的情緒，原本過於親切的語言慢慢地縮回去，問候越來越格式化。她的聲音被我忽視，而她的香水味卻在我的腦海漸漸膨脹。那氣味重重地壓下，幾乎把室內的氧氣擠光了，我呼吸變得困難了。我抬手掩住鼻子。她被我的這個動作弄得臉紅了，知趣地走了。

我叫鐵泉馬上打開抽風機，還叫他把窗戶最大限度地敞開。我舉起手不停地驅趕面前的空氣，小妖精的香水味像退潮的水，從我的鼻尖前一點一點地隱退。

鐵泉坐到我的床邊。我問他，剛才聞到了什麼？他搖搖頭。我抽抽鼻子，把蓋在身上的被窩拉到鼻孔底下聞了聞，一股類似於小妖精的那種香水味撲面而來，好像那味道能夠傳染。我怕是一種錯覺，就把被窩遞到鐵泉的鼻子前，讓他聞。他聞了一下，木然地看著我。我說，這上面是不是有一股阿姨身上的味道？鐵泉說，我的鼻子還沒長大，聞不出來。我又聞了一下被窩，不是無中生有，那種味道千真萬確地貼在上面。

我問鐵泉，你是怎麼突然記起爸爸回家的？他說，是爸爸提醒的。我說，那你認真地想一想，那天晚上爸爸到底有沒有回家？以前，你是說爸爸沒回家，現在怎麼又改口了？他想了想說，好像回了，又好像沒回，我都被你們問迷糊了。我說，爸爸是怎麼提醒你的？他離開床，筆直地站著，擺出講故事的姿勢，清了清嗓子，用手比劃著，他說，那天，爸爸把我從小姨那裡接到車上，車子就嗚嗚嗚地跑開了。我問爸爸要去什麼地方？他說媽媽生氣了，要跳樓了，都怪你沒跟她說清楚。我聽說媽媽要跳樓，就哭了。爸爸抱著我說沒關係，只要你跟她說我記起來了，那天晚上爸爸回家了，媽媽就不跳樓了。

想不到鐵流這麼卑鄙，我氣得拍了一下床鋪。一拍完，我就知道這一巴掌拍錯了，它彷彿拍中了鐵泉的身體，嚇得他雙眼緊閉。我說，兒子，媽媽不是生你的氣，而是被你的故事打動了。他的眼皮張開，黑漆漆的眼珠子飛快地轉動，像是獲得了一份意外的獎賞，臉上不再有害怕的表情，嘴唇顫動著似乎還要說話。我說，你講得不錯，繼續吧。他又清了清嗓子，比劃起來，說，還有一個夜晚，媽媽妳不在家，爸爸要我和他一起回憶那個晚上。他把我放到床上，幫我蓋上被子，還讓我假裝打呼嚕，然後，他從客廳走進來，掀開我的被子，把我抱到廁所，讓我尿了一泡尿，又把我抱回床上。那天晚上，我就是這樣幫你尿尿的，你怎麼記不得了？

鐵泉學著他爸的腔調，雙手像為孩子把尿那樣把著書包，在我的床邊走來走去。沒想到他把他爸學得那麼像，我差一點就笑起來。我想，鐵流明擺著是在灌輸兒子，哪裡是在回憶。我說，你和爸爸就回憶了這些？他說，就這些。我說，沒再回憶別的？他點點頭，沒注意我板起來的臉，又開始學他爸爸把尿。突然，一聲喝斥從門口傳來，鐵泉，你在幹什麼？鐵泉一扭頭，慌張地丟下書包，倏地鑽進我的被窩，緊緊地摟住我，渾身發抖，彷彿一隻剛剛從冷水裡逃出來的小狗，一頭撲到熱乎乎的母狗身上。鐵泉在發抖，我在發抖，被窩也在發抖。從他抖動的身上，我知道他有多害怕，而我的發抖完全是因為氣憤。

鐵流沉著臉走進來，忽然又咧嘴一笑，說，兒子畢竟是兒子。我說，你都已經承認了，何必還要嚇唬他。他說，那都是妳逼的，如果不是怕妳斷手臂缺腿，我何苦當著那麼多人的面說假話。我說，你就不要再狡辯了，告訴我，她是誰？他說，我正想問妳呢，她到底是誰？

十

知道這個問題的重要，所以我在做出決定之前猶豫了好幾天。我先是問來收床單的毛金花，然後又分別問了送開水、吸地毯和擦桌子的服務生。我問她們，溫泉度假村是不是統一發香水了？她們都搖搖頭說沒有。我又問她們，誰幫鐵經理的房間灑香水了？她們還是搖頭。

就在第五天，當鐵流提著雞湯走進來的時候，我突然從床上欠起身子，拔掉了扎在手背上的針頭。他放下雞湯蹲到床邊，按住我流血的手，說，妳這是幹什麼？我說，不幹什麼，只想和你商量一件事。他說，我照辦就是了，還需要什麼商量？我說，這段時間以來，我對你確實有點過分。他咧開大嘴說，哪裡哪裡。我說，我也不想再這樣下去了，但是你能不能答應我一個條件？如果你能答應，那就說明我對你的猜測完全是發神經。他仍然保持著笑容，像逗小孩子那樣拍拍我的頭，說，即使我答應了妳的條件，也不能說明妳過去的猜測沒道理，現在的這種風氣，沒理由不讓妳猜測，好多女人就是因為沒看好自己的老公，最後飛了。我說，你盡挑好聽的說，是不是還在把我當那種不正常的人？他退回去，端過雞湯，用勺子餵了我一口，說，誰把妳當那種人，誰就是那種人。我說，那你能不能把那個領班辭了？他手裡的勺子一晃盪，雞湯灑到床單上。我說，我就知道你會為難。他說，這是個大事情，得問舅舅。我說，就不相信你把她辭了，舅舅會拿你怎麼樣？他面露驚訝的表情，說，妳不知道嗎？她是舅舅的人，我打落他手裡的勺子，把頭扭向一邊。他放好雞湯，在房間裡走來走去，像是面臨困難的大人物那樣思考著。儘管我看不起他的思考，但我還是從床上下來，走到屋外的走廊上，讓他單獨待一會兒。

他以舅舅還沒從香港回來為理由，對我交代的事情一拖再拖。我告訴他，隨便你拖多久，反正我也需要在溫泉療養，你什麼時候把這件事情辦完了，我就什麼時候回去上班，如果你不想辦，那我就辭職陪著你。他以一種商量的口吻問我，如果把她辭了，那去哪裡找一個像她這麼能幹的領班？我說，已經為你想好了。他說，誰？我說，招玉立。

一個太陽熾熱的下午，我坐在房間裡一邊織毛衣一邊看著那些老套的電視劇，突然一位服務生跑進來通知我，要我趕快到溫泉的八號山莊。不用說，我就知道是舅舅從香港回來了。八號山莊被圍牆嚴密地圈住，後面是房間，前面是露天小院子，院子裡有一口鵝卵石砌成的池子，裡面長年流淌著溫泉。我站在門前猶豫了一下，推開門，看見舅舅像一隻癩蛤蟆泡在池子裡，淡淡的霧氣從水面騰起來。鐵流西裝革履端著茶杯蹲在池子上，俯身對舅舅說著話。兩位著裝整齊的女服務生垂手立在一旁，隨時聽候吩咐。

舅舅聽到了推門聲，微微揚起頭說，婷婷來了。我走過去，服務生搬了一張椅子給我。舅舅在水裡改變一下姿態，把不太雅觀的部位沉到較深的水裡。我坐到椅子上。鐵流對服務生擺擺手，她們低頭退出去，把門輕輕地關上。舅舅說，妳的要求鐵流都跟我講了，但是這個領班跟了我那麼多年，妳幹麼要跟她過不去？我看了一眼鐵流，說，他不是跟你全都講了嗎？舅舅哎了一聲說，怎麼會呢？我是看著鐵流長大的，他即使有這個賊心也沒這個賊膽呀。我說，事情都是在不斷變化著的，就像過去我一直崇拜你，但自從那個晚上，你在我們家當著我的面跟領班調情之後，我對你的看法就不再是過去的那種看法了。鐵流唰地站起來，我一瞪眼，說，妳瞎說些什麼呀。舅舅擺擺手，說，沒關係，妳很真實，既然妳那麼痛快，那舅舅就直話直說。

我盯著舅舅，看他能說出什麼話來。他雙手掬起一捧水抹到臉上，彷彿要抹掉臉上不好意思的那一部分。鐵流遞了一條毛巾給他，他接過去擦乾臉，說，妳已經知道領班跟我的關係了，為什麼還懷疑鐵流？難道我們舅甥倆會同時去爭一個女人嗎？我說，舅舅，這也不是什麼稀奇的事。鐵流跳起來，抓起我胸口的衣服，想把我推出去。舅舅抬手制止他，說，你讓她把話講完。鐵流看了一眼舅舅，鬆開手。我拍拍被鐵流弄皺的衣服，再次坐到椅子上，雙手輕輕地壓住膝蓋，目光從我的腳尖搖到水池，搖過舅舅寬大的肚皮，搖到鐵流的臉上。我盯住鐵流說，就像鐵流的那個朋友，他一直崇拜鐵流，說是要把鐵流的小說翻譯出去，鐵流當真了，經常帶他到家裡來吃吃喝喝，我也覺得這個人挺誠實厚道，可是……就在我和鐵流鬧翻以後，我去找他打聽鐵流的情況，他竟然，想占我的便宜……

我說得眼淚都想流出來了。鐵流的手一顫，說，妳是說李年嗎，他怎麼會這樣？舅舅扭頭瞟了一眼鐵流，又瞟了一眼我，似乎現在才明白我和鐵流的問題遠沒有他想像得那麼簡單。我咬了咬牙，說，所以，現在誰也不敢保證有些事情不會發生。舅舅說，鐵流，既然事情這麼複雜，你的意思呢？鐵流像被誰戳了一下，慌忙地彎下腰，說，什麼意思？舅舅說，就是換領班的事，我想聽聽你的意見。鐵流支支吾吾，一時找不到主意。舅舅說，你就說你最想說的。鐵流說，如果單從家庭考慮，我是想把她換掉，但是她很能幹……舅舅說，但是什麼？就這麼定了。

鐵流抬頭看著我，說，這下妳該放心了吧。我說，這也不只是為了我。舅舅突然打了一個噴嚏，說，我也要開一個條件給你們。鐵流把腰彎得更低，我的身子往前傾了傾。舅舅說，從今以後，你們就不要吵了。鐵流不停地點頭，一副聽話的樣子。我說，謝謝舅舅，你不是在開除一個領班，而是在挽救一個家庭。舅舅露出一個笑，又飛快地收回去了。我覺得舅舅笑得不是時候，而且這像是一個非同一般的笑，裡面有一種飽經風霜的氣質。

十一

招玉立意外地做了溫泉度假村的領班，她每天都打電話向我彙報鐵流的表現。在她的嘴裡，鐵流不僅是一個有才能的人還是一個脫離了低級趣味的人。她說，姐夫從來都不把那些漂亮的女孩放在眼裡。隨著電話次數的增加，招玉立把鐵流捧上了天，甚至認為我對鐵流的懷疑是多餘的。有了招玉立的這句話，加上鐵流每個星期都回家報到一至兩次，我心裡呈現了一種大風大浪之後的徹底平靜。

每到月中，鐵流的存摺上就會多出五萬塊錢，我開始用這些錢更換家具。我買了一套真皮沙發、一張橡木茶几、一臺三十四英寸的彩色電視機、一組紅木矮櫃、一張雕花玻璃餐桌、一臺電腦……它們一件接一件，像尊貴的客人來到我家。那些從前曾經到過我家的朋友，現在基本上都認不出我的家了，它的變化似乎比股票的變化還要快。當然變化著的還包括我花錢的心理，過去我每花一分錢就心如刀割，現在我花錢越多心裡就越痛快，好像那不是在花錢，而是在告訴人們，有錢的人也會幸福，並不像書上說的，幸福只屬於那些沒有錢的人。

後來，季節發生了變化，秋天來了，天氣逐漸轉涼，一個重大的日子正在臨近。我利用時間的縫隙，把過去沒織完的毛線撿起來，斷斷續續地織下去，趕在那個日子到來之前把它織完。然後，我就坐在家裡等待消息，以為鐵流會記住那個日子。但是電話像是壞了似的，一天比一天沉默。我想一定是太多的工作，讓他忘記了自己的生日。於是我和鐵泉達成協議，決定給他一個意外驚喜。

下午，我們換上新裝，買好了蛋糕，準備到溫泉去。我看了看牆壁上的電子鐘，發現時間還很寬裕，就把包包裡的東西拿出來檢查一遍。鐵泉好奇地看著，我把那些東西一件一件地往鐵泉的身上貼。那是一些米黃色的東西，是我為鐵流織的一頂帽子、一個圍脖、一件毛衣、一副手套、一條長褲、一雙帶腳趾頭的襪子。鐵泉把那個圍脖從頭上套下去，圍脖遮住了他的臉。他說，爸爸如果把妳織的全部穿上，那他就連一個地方也不能露出來了。我笑了笑，想著這正是我的意思，我要用這些東西把鐵流從頭到腳嚴嚴實實地罩住，讓他不再有多餘的想法。

計程車停到度假村門口，我們提著蛋糕、毛線織品從車上下來，就像遊客那樣一邊走一邊欣賞路旁的樹林和花草。走了十多分鐘，我們到達目的地。我拿出偷偷配製的鑰匙朝三〇五號的門鎖戳進去，扭了扭，門鎖沒有動。我把鑰匙拿出來仔細地看了一遍，再次戳進去，門鎖稍稍動了一下，但像是被什麼東西卡住了扭不開。我產生了一種不好的預感，猜想鐵流是不是和什麼女人待在裡面？我按著門鈴不放，還用腳不停地踹門。表面上屋子裡靜悄悄的，但仔細一聽卻有輕微的忙亂聲，甚至還夾雜著馬桶的沖水聲。這些不容置疑的動靜，堅定了我的想法，或許我一直想抓卻始終沒讓我抓著的證據就要出現了。我變得異常興奮，把門拍得比放鞭炮還響。

突然，房門閃開一道縫，鐵流亂蓬蓬的頭髮從裡面伸出來，接著我看到他慌張的臉，還看到他襯衣釦錯了鈕扣，沒有繫領帶。我推門想進去，他頂住門，說，我們正在談工作，能不能過一會再來？鐵泉舉起手裡的蛋糕，說，爸爸，祝你生日快樂。夾在門縫裡的鐵流看了一眼鐵泉，發出一絲苦笑，哀求，你能不能讓兒子迴避一下？我巴不得鐵泉也看看現場，好讓他將來為我證明，反正遲早他都會知道，晚知道不如早知道。我強行推開門，鐵流閃到一邊，說，不管發生什麼，我都希望妳能冷靜。我對著他大吼，我不想冷靜。

我衝進房間，沒看到預料中的女人，只看到亂糟糟的被子搭在床上。我掀開被子，床上有兩個枕頭斜躺著，一筒衛生紙夾在枕頭中間。床單皺巴巴的，只鋪住半邊床，顯然剛剛遭遇過蹂躪。我抬起頭在房間裡尋找，屋子裡除了我們一家三口沒有多餘的人。鐵流忽然笑了起來，說，剛才我是故意演給妳看的。我不信，打開衣櫃，沒看見人。我衝進洗手間，裡面也不見人影。陽臺的門敞開著，我衝到陽臺上朝樓下張望，樓下是兩排濃密矮小的冬青，它們在風中微微地顫動，像什麼事也沒發生。我被眼前的現象給弄糊塗了，從陽臺慢慢地走回來，想著這到底是怎麼回事？

鐵流繃緊的臉忽然鬆弛下來，眼睛裡出現了看到希望時的那種光芒。鐵泉問，媽媽，妳在找什麼？我沒回答，目光像尖刀那樣盯著鐵流。鐵流把手搭到鐵泉的頭頂，說妳媽媽又犯病了。我指著床鋪說，你怎麼解釋？鐵流說，不就是一張床嗎，還需要什麼解釋？我說，這就是現場。鐵流說，這怎麼是現場？我一個人睡覺就不能把它弄亂嗎？難道妳連床單也要管嗎？我說，衛生紙呢？他說，衛生紙也不能說明什麼問題，我的鼻子發炎了，有時需要它來擦鼻涕。我說，你抽鼻子給我聽聽。他說，抽就抽。他真的抽了抽鼻子，鼻孔裡沒發出什麼驚天動地的聲音，不像是患鼻炎的人。我說，這樣的鼻子怎麼會在睡覺時流鼻涕？他說，我的鼻子又不是妳的鼻子。我說，不管，反正我認為這就是現場。他說，那另外一個呢，至少得有兩個人才算是現場吧？我說，幹麼一定要同時抓到兩個才叫現場，沒有殺人犯的現場就不叫現場了嗎？他說，那妳還得補充大量的證據。

我伏在床上找著，沒有發現所謂的長頭髮。但我不相信他們沒留下任何蛛絲馬跡。我拉開左邊的床頭櫃，沒發現什麼，又拉開右邊的抽屜，一盒保險套赫然撲來。我抓起它，打開，看見裡面有三個空殼，也就是說在我進門之前他們已經做了三次。我氣得全身哆嗦，抓起那盒已經放在茶几上的蛋糕朝著鐵流的頭部狠狠地砸去。蛋糕塗在他的臉上，把他的眼睛全都遮住了。他伸手抹了一把臉，說，不知道是誰要陷害我，竟然在我的抽屜裡放那些東西。我拉著鐵泉衝出房間，都到了這個份上，他還在撒謊。

十二

當我的淚水差不多流乾的時候，門鈴被人按響了。透過貓眼我看見媽媽站在外面，就找了一副墨鏡戴上，讓媽媽進來。媽媽說，妳的眼睛怎麼了？我說，得了結膜炎。媽媽說，叫妳不要熬夜，妳硬要熬，現在把眼睛都熬壞了，那點稿費還抵不上買藥的錢。媽媽說著，彎腰收拾亂糟糟的茶几。我想把發生的事情跟媽媽詳細地說說，但是媽媽卻直起腰來，告訴我一個不幸的消息。她說，玉立住院了，她怕影響妳寫作，沒讓我告訴妳。

為了不讓玉立看到我哭腫的眼睛，走進她病房時，我仍然戴著墨鏡。她躺在潔白的床上，腳上打滿了石膏。一看見我，她想坐起來。我用手止住她。她拉住我的手，哭著說，都怪那輛摩托車，如果不是它的煞車有問題，我就不會扭到腳。我安慰她，為她掖了掖被子，無意中發現她的身上布滿了樹枝劃破的紋路。她慌忙地把衣角壓住，臉上頓時浮起一層紅暈。我的腦袋轟地一聲炸開，頓時感到房子像發生了地震那樣轉動。

我搖搖晃晃走出病房，扶著走廊的牆壁站了一會，然後來到醫生的辦公室。翻開招玉立的病歷，我看見她住院的時間是十月七號下午六時，那正好是我離開鐵流房間後的一個小時。應該說，一切都真相大白了，招玉立的腳不是騎什麼摩托車跌斷的，而是從鐵流的那個陽臺上跳下去時摔傷的，要是沒有那些冬青樹，也許她會傷得更厲害。

這樣的猜測遭到了全家人一致的臭罵，除了鐵泉，他們都不相信我。我只好躲開他們，帶著鐵泉去旅遊。在遊船上，我無心於風景，只是不停地跟鐵泉說話。我說，其實我也不想懷疑你爸爸，但是他的漏洞太多了，比如他的那件睡衣到底是誰買的？為什麼要砸那些生肖？送他回房間的人半夜裡去幫他找什麼？他床上的香水味和小妖精的香水味為什麼一模一樣？他咬定說那個晚上他回家了，還問你他的衣服漂不漂亮，可是後來他跟你一起回憶的時候，只是說幫你把了一泡尿，並沒有提起問過你問題。鐵泉鐵青著臉傾聽，隨著談話的深入，他彷彿一下就長大了，變得成熟多了。他咬著牙齒說，媽媽，我突然記起來了，那天晚上爸爸真的回過家。

我撫摸著鐵泉的臉蛋說，你又瞎說了。他說，這次不是瞎說，是我真的記起來了。我說，泉兒，我明白你的意思，你是害怕爸爸和媽媽離婚。他搖搖頭說，不是，是因為出來旅遊突然就記起來了。我扭頭看看流淌的河水，幾片黃葉在水面漂盪，就像我的往事。我輕輕地說，兒子，即使你記起了那個晚上也沒有用了，因為和後面的事情比起來，那個晚上比鴻毛還輕……我，我和你爸爸已經沒有愛情了。鐵泉緊緊地摟著我，這是他平生第一次摟著一個人。他說，我要你們像過去那樣還有愛情，我叫爸爸愛妳。我搖頭，看著那幾片黃葉漂遠，淚水湧出眼眶。我只知道抓住證據，卻從來沒想過，抓到證據以後該怎麼辦？

鐵泉一直地催我回家，他說他不想旅遊了。但是我不願意那麼快回去，我需要把亂麻般的思緒整理整理。大部分時間，我躺在飯店的床上看天花板，上面有幾隻蜘蛛我都數清楚了，卻還是不想回去。鐵泉不時地向我要錢去買零食。他要的次數太多了，我就吼他，你真不懂事，媽媽都這樣了你還來煩人。鐵泉的眼眶一下就潮溼了，最後竟然哭了起來。我把一沓錢給他，說，都拿去吧，別來煩我。他抽泣著，從裡面抽出幾張鈔票，走出房間。我悄悄地跟蹤，看見他進了電話亭。原來他是用吃零食的錢打電話給他爸爸。鐵泉在電話裡爭辯著，還像大人那樣一邊說一邊打著手勢。我衝過去，啪地結束通話，把他從電話亭裡拉出來，雙手擱在他的肩上說，泉兒，這種事太重了，你還擔不起。

晚上，我木然地躺在床上，電視螢幕閃著雪花點。我也沒心思管電視，只是為了讓它開著而開著。鐵泉從門外走進來，關掉電視機，說，媽媽，我已經把回去的時間告訴爸爸了。我說，幹麼要告訴他？鐵泉說，我想試試，看他還愛不愛我們。我說，這還用試嗎？他愛的話，就不會做那些對不起媽媽的事。鐵泉說，如果爸爸到火車站來接我們，就說明他還愛。我說，你認為他會來嗎？鐵泉點了點頭，像是很有把握。我拍拍床鋪，說，除非他的臉皮比棉被還厚，要不他絕不會來。

出門後的第十五天傍晚，我和鐵泉回到生活的城市。走出火車站，鐵泉的目光在鑽動的人群裡飛快地搜尋，沒看見那個我們拔過白頭髮的腦袋，也沒有那張被我用蛋糕塗抹過的臉。鐵泉垂頭喪氣，跟著我往前走。突然，他的臉綻開了。他指著一塊巨大的新廣告牌叫道，爸爸。我抬頭看去，那是一塊新立的廣告牌，以溫泉度假村湛藍的水池為背景，前景是一個和廣告牌一樣高大的，從頭到腳都套著米黃色毛線織品的男人，一看就知道那是鐵流。他把我給他織的全都套在了身上，連眼睛都沒露出來，那些毛線像水一樣緊緊地纏繞著他。他的身旁有一行廣告詞，擁有你一次，我就夠了，多出來的全都是你對我的恩賜 —— 溫泉渡假村。

我的頭一下就大了，耳朵燃燒起來。我用雙手不停地搓著耳朵，似乎要把鐵流說過的話一一搓掉。鐵泉昂起頭，咧開嘴說，爸爸原來是用廣告牌來迎接我們。我說，你理解錯了，這是出賣。鐵泉說，我不明白，他不是穿上了你織給他的衣服嗎？我說，泉兒，你一定要記住，有些話只能說給一個人聽，有的衣服只能穿給一個人看，當一個人把最祕密的都亮了出來，那和公園裡翻開屁股的猴子就沒區別了。鐵泉點點頭說，媽媽，我好像明白了。

〈猜到盡頭〉
——改編為《猜猜猜》

鐵泉拉起我的手。我緊緊地牽著他，坐上一輛計程車。沒想到馬路兩旁，還立了不少溫泉渡假村的廣告招牌，愛的悄悄話變成了公開的叫賣。忽然，窗外閃過法院的路牌。我說，停車。飛奔著的計程車滑出去十幾公尺，才怪叫一聲打住。司機問，幹麼在這裡停？我走下去，碰地關了車門，對著大街上那些陌生人喊道，我要離婚。

〈美麗金邊的衣裳〉
——改編為《放愛一條生路》

希光蘭憑直覺判斷，眼前的這個男人有錢，並且床上功夫很好。她的這種判斷緣於男人下巴上一塊隱約可見的傷疤。那塊傷疤像一條蟲，潛伏在他茂密粗壯的鬍鬚裡。他一邊喝咖啡，一邊用手不停地摸下巴。希光蘭想，這是一條大魚，千萬別讓他跑了。這麼想著，希光蘭離開了座位，走到櫃檯把她和他的咖啡錢付了。但是希光蘭還不知道他的名字，暫時還不能證實她的猜測。

第二天晚上，希光蘭跟自己打賭，相信那個男人一定會坐在昨夜的位置上。希光蘭猶豫了一下，終於推開南島咖啡館的大門。果然，她看見那個男人端坐在昨夜的位置上，低頭慢慢地攪動咖啡，他似乎是修飾了外表，穿了一套更為筆挺的西裝，嘴上的鬍鬚已經剃過，那一塊疤痕更為醒目地掛在下巴，周圍的皮膚恨不得把它吞沒了。

在走進南島咖啡館之前，希光蘭反覆提醒自己，暫時不要向那個男人靠近，走進去只是為了證實自己的猜測。當猜測被證實，她的心頭一陣狂喜。她想著自己跟自己賭也挺好玩的，贏了自己如同贏了別人，感覺極好。她帶著勝利者的姿態正欲離開，忽然看見那個男人的對面，也就是她昨夜坐的地方，也放著一盅咖啡。男人對著那個空位喃喃自語，還不時伸手過去為對方攪動咖啡、加糖，彷彿他的面前真的坐著一個什麼人，只不過別人看不見罷了。

希光蘭在那個男人看不見的地方多待了一會兒，又產生了賭博的欲望。她想，那個男人對面坐著的女人，那個別人看不見的女人是不是我？一定是我，那個男人一定是在等我。

窺視持續了一星期，希光蘭興奮的心情，就像那個男人嘴上的鬍鬚一天一天地茁壯成長，最終，她坐到了那個男人的對面。那個男人警覺地抬起頭來，說，對不起，這裡已經有人了。希光蘭很失望，遲疑片刻，正準備站起來離開，就聽到那個男人愈來愈重的喘氣聲。男人張著嘴，想說什麼卻又說不出來。希光蘭想，真他媽的掃興。

那個男人的上嘴唇和下嘴唇經過一陣緊張地拉扯後，終於合到一起，它們像兩個巴掌拍出一個聲音，這位置就是留給妳的。希光蘭想，我又賭贏了。男人說，我想妳一定會來。希光蘭說，憑什麼說我一定會來？男人說，妳喜歡聽真話還是假話？希光蘭說，當然是真話啦……。希光蘭把那個啦字拖得很長。男人說，我長這麼大，從來沒有女人為我買過單，從來都是我付款，而上週妳卻幫我付了咖啡錢，這就是我一直坐在這裡等妳的原因。希光蘭說，可這並不是我再回到這個座位的理由。當然不是，那個男人提高嗓門，他的嘴唇又抖動了一陣，聲音很細很勻地從嘴裡跑出來，但是妳為一個陌生人付款不能說沒有目的，至少妳找到了優越感，像一個高高在上的富翁俯視被妳救濟的窮漢，或者說妳的舉動使妳一下子有了道德優勢，於是妳就像一隻貓調戲一隻老鼠，假裝撒手不管，做得很瀟脫，其實目光始終沒有離開老鼠。富人喜歡回過頭去看窮人，貓最終還要把爪子搭到老鼠的背上。我猜妳一定來過南島咖啡館，並且看見我在這裡等妳，只不過妳故意不走到我的面前來。希光蘭說，沒有，我絕對沒有看見你在這裡等我，上週的事我早就忘了。

也許是當時收銀員找不出零錢，我就把你的款付了。不過才幾十塊錢，想不到你這麼在乎，而且我還不敢肯定那個男人就一定是你。是我，那個男人指著鬍鬚裡的傷疤說，我這裡有一塊傷疤，我發覺妳對它很感興趣。希光蘭突然有了一絲激動，朝著那條蟲子似的潛伏在鬍鬚裡的傷疤笑了笑。

那個男人跟著希光蘭走進臥室，他看見希光蘭的梳妝檯上擺著一個精巧的鐵架子，鐵架子上掛著紅、黃、綠三盞小燈。那三盞小燈和十字路口的號誌燈一模一樣，它們簡直就是紅綠燈的縮影。難道這個女人是交通警察的家屬？那個男人說，在妳這裡，是不是紅燈受阻綠燈通行？那不一定，希光蘭漫不經心地說著，順手關掉了臥室的燈光，只留鐵架子上那盞小小的紅燈亮著。

紅燈的光芒散落在臥室的衣架上，裙子和衣裳在燈光之下蠢蠢欲動，衣袖莫名其妙地舉起來歡快地舞蹈，男人被那些五顏六色的服裝迷住了。希光蘭忽地關掉電風扇，服裝們都平靜下來。希光蘭還調了調紅燈的角度，男人看見紅色全都散落在床上。那是一張充滿誘惑的床，燈光給了他暗示。他走到床邊，躺下去。希光蘭在他的下巴上摸了一把。他變得異常興奮，把希光蘭狠狠地摔到了下面。

一股刺鼻的氣味撲面而來，他想這是什麼氣味？他這麼想著的時候，動作明顯地慢了下來。希光蘭雙手攬住他的腰，幫助他加快速度。但他顯得有些遲疑，仍然被那股刺鼻的氣味糾纏不休。這是油漆的氣味，他覺得她的全身上下充滿了油漆的氣味。他在油漆的氣氛中興奮、戰慄、抽搐，漸漸地油漆的氣味退遠了，外部的世界愈來愈虛無縹渺，他進入一種忘我的境界。他想呼喊。他不停地喊小希、小希……

忽然，他被希光蘭推了出來，那些隨著喊聲降臨的液體噴灑在希光蘭潔淨的腿部以及床單上。他像被攔腰切了一刀，突然鬆弛，說，妳為什麼這樣？希光蘭說，因為不公平，我還不知道你的名字，你卻知道我叫小希了。你一叫我的名字，我就沒有興致。你那麼不停地叫我，和那些熟悉我底細的人絲毫沒有區別。我喜歡陌生。他說，對不起，我叫丁松。

滾！希光蘭突然大叫一聲，我並不想知道你叫什麼松。希光蘭把他推出臥室。他的衣服從門縫裡一件一件地飛出來。他想，現在，我不是丁松，而像一隻狗。他把頭從門縫伸進去，看見希光蘭赤身裸體站在燈光裡，液體正在她身上的某些部位滑落，就像雨滴從闊大的樹葉上滑落。

門碰地一聲關上了。希光蘭相信，那個名叫丁松的男人還會回來。她曾經這麼大大方方地放走許多男人，最終他們都回到這個地方。但讓她弄不明白的是，丁松怎麼知道希光蘭這個名字？她最不喜歡別人叫她的名字。跟男人打交道，她常常用一個字母來代替自己，A、B 或者 K。現在，許多男人只知道她叫 B，而不知道她叫希光蘭

她發現梳妝檯上壓著一張保險公司開給她的保險單，那上面寫著希光蘭三個字。她想，我總竭力簡化自己，但有些時候怎麼也不能簡化。對保險公司來說，B 絕對不等於希光蘭。

大約過了十五天，希光蘭沒有看見丁松的影子。她想，這隻老貓看來是占慣了便宜，不會再來了。希光蘭一邊這麼想著，一邊又抱著希望，他怎麼會不來呢？我和他就像一盤沒有下完的棋。

丁松其實來過兩次。他敲希光蘭的門時，看見一顆陌生的人頭夾在門縫裡，把他從頭到腳水洗似的看了一遍，然後問他，找誰？

他說，希光蘭。那顆頭來回地搖說，沒有這個人。丁松抬頭像打量老熟人一樣重新打量屋子，怎麼會沒有呢？丁松自言自語，那天晚上，我就是從這裡走出去的。那顆人頭從門縫裡縮了進去，說，沒有就是沒有。丁松搶先一步推開屋門，

說，慢，她是不是不想見我？丁松話音未落，雙腳已經踏進了客廳。他看見屋角還坐著一個女人，和開門的女人長得一模一樣，她們像是母女又像是姐妹。兩個女人四隻眼睛奇怪地盯住丁松。丁松感到背脊一陣陣涼，發覺這房屋的結構和他的記憶是吻合的，只不過主人換了房間的家具，擺設也全變了。丁松說，妳們是不是剛搬進來的？我們在這裡住了一年多，那個開門的女人說。

丁松從房間退出來。他一邊往回走，一邊回頭打量這幢房子。他相信他的記憶，但他弄不清楚在什麼地方出了差錯。又過了兩天，丁松再次來到這裡，他用食指的關節輕輕地敲門，裡面沒有任何反應。丁松仍然固執地敲著。一連敲了兩分鐘，門嘩地一聲拉開，丁松又看見那四隻不太友好的眼睛。他的記憶完全徹底地向現實投降了。他想，和希光蘭的故事就像一場夢，或許根本就沒有發生過。一個人在大白天去找夢裡的人物，這不是開玩笑？丁松用手不停地掐自己的手臂和大腿，手臂和大腿都有痛感。他想現在的丁松是真實的丁松，現在的想法是真實的想法，只可惜，那天晚上我為什麼不掐一下我自己？

走進工地，丁松突然聞到一股刺鼻的氣味。他問司機，這是什麼氣味？司機說，沒什麼氣味。丁松說，有，你跟我來。丁松很神祕地向司機招手。他們從一樓走到二樓，沒有找到氣味的來源。他們再上到三樓，仍然沒找到那股氣味。走到四樓時，他們看見一大桶綠色的油漆潑灑在地板上，油漆工李四正在用刮刀把潑出來的油漆一刀一刀地刮回鐵桶裡，刮刀在鐵桶上刮出一聲聲嚎叫。丁松說，是誰碰倒了油漆？李四說，不是我。丁松說，不是你是誰？我要扣你這個月的獎金，房子還沒交付使用，你就把地板全弄髒了。李四說，真的不是我。

油漆的氣味，使消失了幾天的那個名字，又回到了丁松的腦海。他突然變得狂躁，從司機手裡奪過鑰匙，驅車一路狂奔，到達希光蘭居住的那幢樓前。他告誡自己冷靜，於是不急著上樓，而是站在樓前仰望。他的目光最先落在三樓的陽臺上。三樓的陽臺光禿禿的什麼也沒有。四樓的陽臺掛滿了衣裳，在衣裳的中間夾雜著一條粉紅色的內褲。這條似曾相識的內褲照亮了丁松的雙眼。一直，他都把三樓當作希光蘭的住所，其實希光蘭的住所在四樓。

丁松露出勝利的一笑，一口氣衝上四樓。他先是敲門，門內沒有動靜，他就用腳踹。他的腳剛碰到門，門便打開了，原來那門根本沒鎖。他看見希光蘭穿著睡衣躺在床上，像是早有準備。他朝希光蘭撲過去，希光蘭就勢一滾，他撲了一個空。但是，希光蘭馬上又滾了回來，正好滾在他的懷裡，兩張嘴不約而同地碰到一起，其他動作緊跟而來。丁松又聞到了油漆的味道。丁松和希光蘭同時喊叫，丁松喊女人的名字，希光蘭喊男人的名字，他們比賽喊著，一個名字比一個陌生……當他們把想喊的名字都喊過之後，手便撒開了，力氣也沒了，激情從他們的身體脫離。

沉默了好長一段時間，丁松才睜開眼睛。他看見希光蘭像一個熟睡的嬰兒，已經吃飽喝足正沉沉地睡去。丁松用手撩她的眼睫毛，她的眼皮動了動。丁松說，原來妳沒睡，妳的臥室裡怎麼淨是油漆的氣味？希光蘭說，這房子剛裝修。丁松說，三樓的那對雙胞胎怎麼不知道妳住在四樓？希光蘭說，我只知道她們一個叫甲，一個叫乙，就像她們只知道我叫 B，如果你說找 B 的話，她們就會用手往樓上指。丁松說，一群怪胎。希光蘭說，你才是怪胎。

差不多一個月的時間，丁松把自己完全徹底地交給了希光蘭。他們不斷地變換手法和場地，正在施工的樓頂、鷹架，以及李四潑灑油漆的四樓，都成了他們的戰場。丁松清楚地記得，希光蘭倒在油漆地板上時的神態。當時，他們剛從鷹架上下來，丁松在鷹架上的表現令希光蘭失望。所以當希光蘭倒在油漆地板上時，她先撇了撇嘴。丁松知道希光蘭在輕視他。

十多年前，丁松還是一名工人的時候，他曾經有過一次在鷹架上做愛的經歷。那時，工人們都收工了，他和一名女工默默地坐在鷹架上。他看見戴著黃帽子的工人分散在樓下的平地上吃飯。帽子很刺眼，但他卻分不清帽子底下的面孔。白天已從高樓的背後消失，黑夜正把他們和鷹架捏成黑乎乎的一團。他知道一下去，他就會變成一頂黃帽子，他和她都得住進集體宿舍。於是，他抓住這個傍晚，在遠離地面和人群的地方跟那位女工做愛。他有一種高高在上的感覺，完事後還朝底下撒了一泡尿。他聽到尿在風中左右搖晃，滴滴答答地降落。

可是，丁松與希光蘭在鷹架上的這個夜晚丁松失敗了。自從做了老闆之後，丁松很少到鷹架上來，他甚至喪失了朝黑乎乎的樓下看一眼的勇氣。站在鷹架上，他的雙腿開始顫抖。他想我為什麼害怕？我有那麼多錢為什麼害怕？他閉上眼睛，用他最敏感的部位去碰希光蘭最敏感的部位，碰了好久都沒有反應，他感到自己快要掉下去了。

從鷹架上下來，他默默地跟在希光蘭的身後，慢慢地一層樓一層樓地往下走。希光蘭的腳不時碰到那些鋼筋、玻璃碎片，每一丁點響聲都嚇得他一大跳。好不容易到了四樓，他明顯地感到他那不中用的東西中用了，他把希光蘭摔到油漆潑灑的地板上。

在希光蘭白皙的皮膚之下是一望無際的綠色，綠色似乎已滲入她的體內，發出幽藍的光芒。丁松向那堆白色的山丘撲過去，山丘開始晃動，希光蘭藐視的表情漸漸變為焦急、渴望。就像發生了一次強烈地震，希光蘭在地震中央淚流滿面。丁松看見綠色的草地上積聚了兩潭水窪，溪水緩慢任意流淌，雪山死一般沉寂。丁松的腦海裡突然塞滿了歌聲：戈壁灘上的一股清泉……青海的草原一眼望不完，喜馬拉雅山，峰峰相連到天邊……雪山、青草、美麗的喇嘛廟……

四樓靜悄悄的，就連周圍的聲音也都退遠了，丁松聽到了希光蘭均勻的呼吸。希光蘭試圖翻身站起來，但身子剛一動，她就發出了一聲尖叫。丁松拉了她一把。希光蘭說，痛，背上。丁松看見希光蘭潔白的背脊竄出一股鮮血，一塊細小的玻璃扎在她的背部。丁松小心地拔出玻璃，說，四樓是我最理想的高度，我家住在四樓，妳也正好住在四樓。希光蘭說，你把我的背弄出血了，你要負責。丁松似乎是很得意，一邊吹口哨一邊看希光蘭穿衣服。

有一天，希光蘭突然問丁松，你還有什麼花招？你好像已經山窮水盡了。丁松把他的頭埋在他的手掌裡，很認真地思考這個問題，覺得他的頭在他的手裡愈變愈大，愈變愈重，愈來愈糊塗。他還是頭一次被這個問題難住，也從來沒有想過這個問題。如果問他如何能賺到錢？他幾分鐘就會想出一個點子來。但是希光蘭問他如何做愛，他卻一時難於對答。他想這就像花錢，要花出點等級花出點水準確實不容易。在過去，只要換一個女人，一切都重新開始，問題也迎刃而解，可是現在他不願意放棄希光蘭。他說，我有錢，我可以養妳。

錢，希光蘭說，你有多少錢？丁松說，妳要多少？妳說個數字吧。希光蘭舉起她的食指。丁松說，十萬？希光蘭搖頭。丁松說，一百萬？希光蘭點了點頭說，怎麼樣，為難了吧？希光蘭兩眼露出挑釁的光芒。丁松說，我答應妳，但妳必須為我生一個小孩。希光蘭用她的右手拍了拍丁松的腦袋，就像一位母親拍一個淘氣的孩子，說，一言為定。

偶爾，丁松會突發奇想，為他們趨於平淡的故事投下一顆石子。從丁松把攝影機架到希光蘭的臥室那天起，他們又持續地興奮了一個星期。丁松不斷地變化攝影角度，他們看著螢幕上那兩個赤身裸體的人物，就如同看一場激動人心的拳擊。現在，直播走進了臥室，只差解說。他們看看無聲的畫面，彷彿在看著別人。看著看著，丁松問，希光蘭，我們到哪裡去了？哎，我們怎麼不見了？希光蘭說，我不知道，我也不知道我們滾到哪裡去了？過了一會兒，希光蘭說，快看，我們又回到電視裡了。

畢竟攝影機的角度有限，攝影機像小孩手裡的玩具，漸漸失去了新奇。希光蘭提出轉移場地。丁松說，轉移到哪裡？希光蘭說，轉移到你的家裡。

第二天早上，丁松跟希光蘭約定，如果他家四樓的陽臺上掛著一件鑲有白色花邊的女式短袖衣服，那就說明他的妻子已經出門了。希光蘭準時趕到公寓，一抬頭，正好看見丁松站在陽臺上掛衣裳。丁松朝她擺手，露出曖昧的微笑。希光蘭看見從樓梯口走出一個女人，左手提著菜籃，右手正在往她的頭上戴一頂藍色的安全帽。她的頭髮粗壯、烏黑，希光蘭於是多看了她幾眼。那個女人似乎已發現希光蘭在觀察她，一邊推摩托車一邊警覺地用目光回擊。

希光蘭爬上四樓，像一個老熟人似的在丁松的臥室、客廳竄來竄去，沒有絲毫的陌生感。她指著一個轉角櫃的門說，這裡裝的全是酒，儘管裡面有茅臺、高粱，但是在這些酒瓶的中間還有一瓶二鍋頭，就是建築工人愛喝的那種。說完，她拉開那扇小巧的門，看到的和她的猜測完全吻合。她得意地轉過身來，對著一個小抽屜說，這裡面一定裝著零錢，它是你們共同的錢櫃。拉開抽屜，她看見數十枚硬幣亂糟糟地躺在裡面。然後她說哪裡是裝鞋子的，哪裡是裝衛生紙的，她說得分毫不差，儼然一位女主人的派頭。丁松被她說得暈頭轉向，問，這到底是妳的家，還是我的家？希光蘭說，是你的家，但是我像是很早就來過似的。我一直都夢想嫁給一個富人，曾經設想把這個抽屜的東西搬到那個抽屜去，然後又把那個抽屜的東西搬到這個抽屜來。搬來搬去，竟然和你太太的想法完全吻合，這說明女人的想像十分貧乏，愛好和習慣竟然那麼相近。

丁松說，總有不相同的地方吧。當然有啦，希光蘭嘴裡說著話，身子卻躺到了臥室的床上。她突然聞到一股異味，拉開床頭櫃，看到了滿櫃子的各式香水。她朝丁松招手，說，過來，這就是我和她的區別，我們用的香水不同，也就是說我們身上散發的氣味不同。她就是她，我就是我，你聞到了嗎？丁松的鼻子一抽一抽地把她從頭到腳都聞了一遍，在汗臭混合著芬芳的氣味中，細心體會她們的區別。

樓下傳來一陣輕微的摩托車聲，丁松從床上彈起來，緊接著希光蘭也從床上彈起來。丁松說，她回來了，快。四隻手忙成一團，希光蘭的兩隻手去提她的牛仔褲，丁松的兩隻手往希光蘭的頭上套衣服。僅僅是一分鐘，希光蘭便衝出大門，那一聲響亮的關門和她咚咚的腳步聲，連樓下的人都聽得一清二楚。跑到二樓，希光蘭與那個上樓的女人撞了個滿懷。希光蘭看見女人的籃子裡裝滿新鮮的蔬菜，她撿起一個苦瓜，問，多少錢一斤？女人說，三十塊。希光蘭放下苦瓜，突然產生了與她成為朋友的欲望，並伴隨同情、勝利和驕傲等等複雜的情緒。她想著我已經抄了妳的後路，妳卻不知道。希光蘭哼著歌曲走下樓梯，那個頭髮粗壯並且烏黑的女人滿臉疑惑地盯著她的背影。

那個頭髮粗壯並且烏黑的女人，名叫馬麗，是丁松的妻子。當她提著整籃沾滿水珠的蔬菜走進家門時，丁松還懶洋洋地躺在床上。一分鐘之前，丁松看著希光蘭從那扇門框裡倉皇而逃，一分鐘之後，他看見馬麗笑盈盈地走進來。他的嘴裡突然冒出一句「我要戒菸」的豪言壯語。對於這樣的話，馬麗已經麻木了，她記得跟他談戀愛時他曾發誓戒菸，快要生孩子時他也曾信誓旦旦，可是卿卿已經五歲了，他還沒有把菸戒掉。

丁松見馬麗對他的話沒有反應，緊接著又說了一句，真的，我不僅戒菸還要戒酒。馬麗驚訝地走到床邊說，哪來這麼大的決心，是不是在外面養小三了？丁松說，那不戒了。馬麗說，不不，還是戒的好，如果你真的能戒掉菸酒，我情願戴綠帽子。丁松躺在床上，沉默著聽馬麗的喘氣聲。沉默了一會兒，丁松下床翻箱倒櫃，找出三條零四包高級香菸。他把那些香菸認真地看了一遍又嗅了一遍，然後一條一條地扔出窗戶。

在驅車前往工地的路上，丁松用手機跟希光蘭通話，他說，從今天起，我把菸和酒都戒了。希光蘭說，怎麼能這樣？你有那麼多錢，不抽不喝拿來幹什麼？丁松說，妳少廢話，我這樣做正是為了將來有人用我的錢。希光蘭笑了兩聲說，我不明白。丁松說，妳等著，兩個月之後，我要在妳身上播下一粒種子。也不等對方說話，丁松關了手機。

一個月之內，丁松不抽菸不喝酒，不參與賭博，甚至不熬夜，他的生活變得有規律了。每天清晨，他都準時到達工地，在十幾層樓之間虎虎生風走來走去。有人說，他差不多變成一個好人了。

他把希光蘭發配到一個山水甲天下的城市，每天他們都會通十幾次電話。他認為只有這樣，他們才能避免縱慾。跟希光蘭待在一起，他會控制不住。於是，這個月變得特別漫長，一月長於一百年。馬麗對他準時歸家準時上床表示出極大的滿意，但馬麗不滿意他上床後就呼呼大睡。

丁松變得愈來愈嗜睡了，彷彿要把過去抽菸、喝酒、縱慾的時間全部用到睡覺上。他想不到自己這麼能睡。馬麗更是覺得奇怪。一月之內，她不知道推醒過他多少次，但是他只睜開一下眼皮，馬上又睡著。馬麗推醒他是想要他做一點床上的工作，但他卻口口聲聲稱，太累，沒力氣。馬麗就用手抓住他身上雄糾糾氣昂昂的部位，問，這是沒力氣嗎？丁松無言以對，便從家裡逃出，決定把和希光蘭分居的時間縮短。

被電話召回的希光蘭，於下午五時出現在火車站。丁松的目光最先落在她的眼睛上，然後依次是鼻子、嘴巴、胸口和大腿。他發現希光蘭消瘦了許多。他按了幾聲喇叭，希光蘭像是發覺了他的車子，朝著他的方向走過來。希光蘭在朝他移動的過程中，把手裡的一小截東西扔在地上。丁松發現那是一截香菸，便推開車門鑽出來。一位右臂戴著「志工隊」字樣的老伯，先於丁松抓住希光蘭的右手。老伯說，亂丟東西，必須罰款。丁松問，老伯，她丟的是什麼東西？老伯張嘴想說，卻被希光蘭搶先回答了。希光蘭說，口香糖紙。丁松看見希光蘭的身後散落著菸頭和一團口香糖紙，到底是菸頭還是口香糖紙？丁松用期待的目光盯住老伯，希望他能給出一個正確答案。

希光蘭從皮夾裡拿出一張百元鈔，遞給正在猶豫的老伯。老伯接過錢，對丁松露出一副笑臉，說，口香糖紙，她丟的是口香糖紙。「口香糖紙」這四個字，老伯是用流行音樂的旋律唱出來的。他的怪腔怪調讓丁松很不舒服。

淋浴之後的希光蘭乾淨得像一張雨洗過的荷葉，荷葉上滾動著晶瑩剔透的水珠。荷葉平整地擺在床上，看丁松把上衣的扣子一顆一顆地扯開，那些鼓凸的肌肉紛紛從衣服之下滾出。他們分居了一個月，等的就是這個時刻。丁松雄心勃勃，每一塊肌肉似乎都繃緊了。窗外，正是黃昏，夕陽在大樓群中沉落，許多人都在趕路回家。丁松開始引導希光蘭的情緒，他的手像一條蛇在她的身上爬來爬去。他說，書上講，只有男女雙方同時達到高潮，生下來的孩子才聰明漂亮。希光蘭對這個問題不感興趣，仍然像一張荷葉靜靜地躺在床上，任憑丁松搖動、撫摸、摺疊。丁松說，我們一定要生一個男孩。希光蘭說，書上只告訴你如何才能使孩子聰明漂亮，但它沒告訴你怎樣才能生一個男孩。丁松說，會的，我總會操出一個男孩來的。

他發覺她情緒低落，有幾次她的身子快扭起來了，情緒似乎快到來了，但突然她又沒了動靜，就像小時候爬溜滑梯，她總是想爬上頂端才滑下來，可是一次又一次，她只爬到一半就滑下來了。丁松想改變計畫，說，既然妳不感興趣，那我們明天再來。希光蘭冷笑兩聲說，你怎麼能隨便更改會議日程，現在大家都到了會議室，你卻宣布會議改到明天召開，多掃興。你想想，如果我們把麻將都擺到了桌面，你卻突然宣布不搓了，這太沒禮貌了。

丁松被希光蘭說得猴急猴急的，把生孩子的事丟到了腦後。他想做愛就是做愛，幹麼要想到生小孩？他爬到希光蘭的身上，很賣力地朝著一個高度攀登。希光蘭冷靜地看著他扭曲的面孔，彷彿在看一個淘氣的小孩。她聽到丁松嘴裡喃喃地叫著，男孩，我要一個男孩……

一股久違的菸味被丁松敏感地捕捉。他問，妳抽菸了？希光蘭搖頭否認。丁松不相信地動了動鼻翼，在臥室裡嗅來嗅去，終於發現了問題。他把希光蘭的小提包拉開，從裡面拿出半包香菸，砸到希光蘭的臉上，緊跟著揚起右手，扇了希光蘭一個巴掌。希光蘭被三分鐘熱風襲擊，在地毯上旋轉半圈。當她揚起頭來時，那隻懸空的巴掌又向她撲來。她感到臉上火辣辣地痛，但她沒有哭，像一下子喪失了哭的功能。丁松氣得全身發抖，嘴唇不停地跳躍，轉身朝房門走去。丁松說，為了要一個孩子，我把菸酒都戒掉了，妳竟然還抽菸，跟我唱反調，妳給我滾！丁松本來是想讓希光蘭滾，自己卻滾到了門外。門碰地一聲關閉，裡面也傳出一聲響亮的滾。

這個黃昏像一張大餅貼在希光蘭的左臉上。她想我終於有了離開丁松的理由，一巴掌打掉一百萬，太值得了。她捂著火辣辣的左臉坐到深夜，覺得這個夜晚十分安靜，BB Call、大哥大無聲無息，它們都睜著眼睛陪伴她。她希望它們安靜，同時又希望它們發出聲音來驅趕寂寞。從黃昏到深夜，她沒聽到任何動靜，很失望地關掉了 BB Call 和大哥大，突然有了一種與世隔絕的感覺。我已經剪斷了我跟這個世界連結的紐帶，最好是誰也別來干擾我，但這不太可能，丁松不會善罷甘休的。

丁松離開希光蘭後，便約了兩三個朋友賭錢。從黃昏一直賭到第二天中午，丁松輸掉大約三萬多元。朋友們紛紛離桌，說，丁松手氣不好，是因為玩女人大多，手上沾了穢氣。丁松嘴裡叼著香菸，朝離開的朋友們頻頻點頭，好像是在承認朋友們的結論。

坐到車上，丁松感到頭慢慢地大起來。他不想回家，看看手錶，正好是星期天。星期天就更不能回家了，馬麗和卿卿會纏著他吵鬧不停。他渴望靜靜地睡上一覺。他把那顆沉脹的腦袋搖來搖去，許多事情從他的腦袋裡飛出來。他突然想起昨天的黃昏，他打了希光蘭幾巴掌，原因是她在偷偷地吸菸。她吸菸就不能為我生一個健康聰明的小孩，可是現在我自己也吸了。那小孩還要不要？小孩還是要的，我的錢不能白花。

丁松趕到希光蘭的住處，希光蘭不在。看著扔在床上的 BB Call 和金項鍊，丁松分析希光蘭不會走得太遠。丁松想，只有在這裡我才能好好地睡一覺。丁松倒頭便睡。

希光蘭把自己的這一次出門稱為赤裸裸的出門。她卸掉那些通訊設備，就如卸掉了沉重的鎧甲，覺得自己像一隻自由的鳥，在城市的樹林裡飛翔。丁松找不到我，他一定會著急，就讓他著急去吧。希光蘭從這個服裝店走到另一個服裝店，差不多把服裝店走完了，但沒有買半件衣服。她根本不想買它們，只想看。她看見好看的服裝，就往自己的身上穿，許多人都圍過來看她，說美女穿這衣服好看。說好看，她也不買。她把衣服脫下來掛到原先的位置，接著往下一家走。下一家的服裝仍然能刺激她的興趣，於是她又試穿。—— 個下午，她試穿了三十多套衣服，圍觀的人都對她說漂亮。她知道老闆們說漂亮、說好，那是在說服裝，而不是說她，表揚的字眼似乎與她無關。可惜，沒有任何一個聲音是貶低服裝的，如果有人說美女，妳穿這套衣服不太合身，很難看，那麼她就會把這套服裝買下來，穿著它走到丁松的面前。她們不知道，這個下午她是來選購最差、最難看的服裝的。

走了一個下午的希光蘭，在黃昏降臨時走進了大清茶樓。茶樓裡的燈光比黃昏還要昏暗，她選了一個不起眼的位置坐定，點了一壺茶和一碟點心，慢慢地打發時間。她突然想知道丁松在幹什麼，便走到櫃檯前，撥了個電話給丁松。丁松被鈴聲驚醒，抓過手機貼到耳朵邊，那頭卻突然結束通話了。丁松想，一定是那幾個賭友在跟他開玩笑。丁松倒頭又睡。但手機又嘀嘀嘀地響個不停，丁松接通電話，彷彿聽到了那一頭的喘息聲，會不會是希光蘭？他說，妳的氣味我已經聞到了，妳是誰我很清楚，回來吧，別再惡作劇了。那一頭傳來重重地掛話筒的聲音。丁松再也無法睡眠，他睜開眼，屋內一片黑暗。他睡不著但又不想下床，就靜靜地躺在黑暗裡。他相信希光蘭回來的時候，發現床上躺著一個男人會興奮不已。

丁松的一句回來吧，引起了希光蘭的警覺，她斷定丁松現在就躺在自己的床上。她試著撥給自己的手機，竟然通了，還有人接。她從話筒裡聽到了丁松的呼吸聲。出門的時候，手機是關著的，現在開了，說明丁松想從手機裡了解我的祕密。她寫了一張字條，遞給一位身著清代服裝的服務生，字條的內容是「我想找希光蘭，叫她過來睡覺」。服務生一臉茫然。她按了重撥鍵，說，如果有人接電話，你就把紙條上的話對他說一遍。服務生按照希光蘭的意思說了一遍。希光蘭怔怔地站在服務生身後，慾望被她自己寫下的十二個字撩撥，彷彿接電話的人不是丁松而是她自己，而服務生不是讀她的字條而是真的對她有這樣的要求。服務生那套清代服裝使希光蘭有隔世之感，她想如果真跟清朝的服務生啪啪，那自己就要倒退八十多年，也就是說八十多年前，我必須是現在的模樣，而不是一粒塵埃。天哪，我就要跟一位清朝的服務生睡覺了，他現在正打電話叫我過來……

服務生放下電話，回頭對希光蘭笑笑，說，他在電話裡罵髒話。希光蘭說，誰罵髒話？服務生說，我怎麼知道他罵誰？是接電話那個男人在罵髒話。希光蘭說，他叫丁松。丁松這兩個字像一盆水潑到希光蘭頭上，把她從胡思亂想中拉出來。她縮回到大清茶樓的角落，看那些服務生為顧客忙忙碌碌。

深夜十二點，希光蘭又撥了一次自己的手機，第一次沒接通，第二次接通了，那邊沒有人接。希光蘭想丁松已經離開了，便恍恍惚惚地走出茶樓，趕回自己的住處。

希光蘭走進臥室正準備開燈，突然被一雙手摟住。那雙手迫使她倒到床上，脫她的衣服。希光蘭知道壓在她上面的人是丁松，但她故意不作聲。她認為這樣黑燈瞎火地做，總比開燈看著那副面孔略強。她應付著，不反抗，不配合，因為她還記著昨天黃昏的那幾巴掌。上面的動作持久有力，她慢慢地被引入一條快樂的通道。菸味香氣撲鼻，動作愈來愈快，那個可愛的人遠遠地向她撲來。她開始呻吟，並且抬起頭來在那個人的肩膀上咬了一口。那個人發出一串笑聲，他知道他成功了。完事後，他說，妳如果懷上了也得打掉，因為妳吸菸。希光蘭說，你爸吸不吸菸？丁松說，吸。希光蘭說，為什麼當初他沒把你打掉？丁松說，那是三十年前的事了，現在是什麼時候，現在怎麼能和那時比。希光蘭說，那時，抽菸沒問題現在也會沒問題，我就要和那時比。丁松說，好好好，我不和妳爭，妳只要能生出一個兒子來就行，不管他聰不聰明，不管他畸不畸形，我都認啦。

在與希光蘭一同狂歡的日子，丁松的胸口始終壓著一塊石頭。這塊石頭緣於那個神祕的電話——「我想找希光蘭，叫她過來睡覺。」那個男人嗓音洪亮，充滿自信。他會是誰呢？丁松有不吐不快之感，但他又不想吐出來。他想，男人要控制住一個女人，靠的絕對不是多疑，而是讓她懷孕。

半年過去了，希光蘭仍然沒有懷孕。丁松懷疑希光蘭偷吃避孕藥。希光蘭卻拍著自己的腹部笑丁松沒有本事。趁希光蘭外出的時候，丁松在希光蘭的屋子裡翻箱倒櫃，尋找一切可疑的跡象。翻遍所有櫃子和抽屜，丁松沒有發現避孕藥以及男人的照片或書信。

儘管丁松做得小心謹慎，但希光蘭還是發現了，她有一種被人監視、被人搜查的感覺。她把櫃子裡的衣服、相簿、化妝品全部拿出來摔到床上，說，讓你翻，我讓你翻，我的身體你翻過了，我的衣櫃你翻過了，現在我連一塊遮羞布都沒有了，你連我的一點小祕密都不允許存在，你把我當什麼了？我是玻璃人嗎？我是透明嗎？丁松說，妳有什麼資格享受祕密？別忘了，妳是我供養的一隻鳥。希光蘭說，哪怕是一隻鳥，也不喜歡別人侵犯牠的窩。丁松說，當初的條件是要為我生一個孩子，可現在妳連懷都懷不上，也許妳本來就沒有懷上的能力，而是想來騙我的錢。爭吵中，希光蘭發現丁松已變了一副嘴臉，過去的討好、下流不見了，取而代之的是盛氣凌人、自以為是。希光蘭說，懷不上一定不是我的原因。丁松說，那是誰的原因？希光蘭說，誰的原因誰懂。

丁松把床上的衣服全掃到地上，用腳狠狠地踩。希光蘭像是自己被踩一樣難受，撲到衣服上哭。丁松說，有什麼好哭的，妳敢跟我到醫院去檢查嗎？希光蘭不吭聲。丁松就把她拖出臥室、客廳。她的衣袖在門上掛了一下，破了一道裂縫。她哀求，讓我回去換一件衣服吧。丁松不允，把她拉下樓，強行按到轎車裡。

轎車朝醫院狂奔。因為車速太快又要閃車，車子東倒西歪，差一點就撞到別的車上。轎車急速地拐了幾個彎，希光蘭看見高高聳立在樓頂的醫院招牌。招牌像一團火熊熊燃燒，愈來愈近，愈來愈清晰。就在他們即將撲向火的一剎那，轎車突然停住。希光蘭猝不及防，額頭撞到前面的擋風玻璃上。轎車慢慢地掉頭，朝來的方向駛去。希光蘭說，你怎麼不敢了，你為什麼不去檢查？丁松說，上溯我家三代，沒有一個不成種的。轎車在丁松的吶喊聲中又一次狂奔。希光蘭看著窗外快速後退的柵欄、高樓、樹木……感覺額頭隱隱地痛。

希光蘭和丁松的關係，在好長一段時間裡顯得不冷不熟，激情不知不覺地從他們身上消失了，他們都感到疲憊。丁松熱衷於撲克、麻將，三天兩頭才到希光蘭的住處轉一圈。大部分時間他都用來睡覺，養足精神之後又去賭友們通宵達旦地賭。

中午吃速食的時候，希光蘭遇到了一位闊別十年的高中同學。那個同學在她的對面叫她的名字，她抬起頭，竟然沒認出他來。他自報家門之後，希光蘭才恍然大悟。她記起這個名叫祝興義的同學當時頭髮稀黃，在班上是有名的瘦猴。可是十年之後，他竟然變成了一個大胖子，彷彿十年的時間全都變成了脂肪堆積到他的身上。祝興義說他在某局當局長，晚上一定要請希光蘭吃飯、唱歌、跳舞。

希光蘭不願意跟祝興義跳舞，她認為，他太胖了，轉動起來會比較困難。於是他們就散步，漫無邊際地散步。他們散步時，她發現身後跟著一輛黑色轎車。她返身朝那輛轎車走去，轎車才溜走。她說，有人跟蹤我。祝興義問，誰？希光蘭說，一個男朋友，他每天晚上都打麻將，但他僱了一個司機跟蹤我。他表面上把我丟在腦後，其實他一直都在注意我的一舉一動。祝興義扭動他肥胖的頭顱，左右前後看了看。希光蘭發現了他的驚慌，說，你怕了？祝興義說，不怕。但祝興義很快便找到了一個藉口，匆匆地離開。希光蘭對著跑步離去的祝興義發出一串怪笑。

第二天早上，丁松睡眼惺忪地走進希光蘭的客廳。希光蘭說，又賭了。丁松說，賭了。希光蘭冷笑。丁松直接走進臥室，不到一分鐘，臥室裡就傳出了鼾聲。

在希光蘭的印象中，所有的黃昏都是從她的身後開始的。她居住的公寓坐東朝西，樓梯口正對著每一天太陽沉下去的地方。沿著公寓的樓梯拾級而上，她常常聽到身後傳來陣陣急促的聲音，彷彿一群老鼠追趕她的腳步。這種時候她回頭，往往看見西邊的太陽快要落下了，那些急促的聲音正從遠遠的天邊滾來。

事故發生的那個黃昏，她從樓下一步一步地朝四樓走去。當時，她站在樓梯的中央回頭望了一眼，天空一片杏黃，黃得奇怪，黃得不像天空。她莫名其妙地打了一個噴嚏，繼續朝樓上走。她看見門上貼著一張紙條。

蘭：

找你不遇，下午七時，我在華僑飯店門前等你，不見不散。

男朋友

希光蘭想，會不會是祝興義？但她馬上又否定了這個想法，祝興義沒有這樣的膽量。她揚手撕下字條，沒有進屋便返身下樓，一邊跑一邊看錶，已經是下午六點三十分了，離那個男朋友約定的時間只差半個小時。

希光蘭朝馬路上揮手，一輛計程車停在她面前。當時，她沒有注意到這是一輛黃色計程車，腦子裡塞滿了對那個神祕男友的猜想，以及對時間倉促的焦急。她不停地對司機說，快一點，再快一點。催促的時候，她沒有正眼看司機，目光穿透車窗遙望正前方，正如她此刻的心情，已經遠遠地走在身體的前面。碰上塞車的時候，她才側過頭望了一眼司機，發覺這個司機很年輕，嘴上還沒有長出鬍鬚。她說，開幾年車了？司機說，兩年。她說，怎麼不讀書？司機說，考不上。她說，賺了不少錢吧？司機說，買車的錢還沒還完。司機用手在自己粗壯的頭髮上抓了兩把。車子緩緩地向前移動，動了一下，又被前面的車堵住。司機偷偷看了一眼希光蘭，隨即縮回目光。他的目光就像蛇吐信，在希光蘭的臉上輕輕一舔就收了回去。直到出事之前，他再也沒扭頭看一眼希光蘭。他被希光蘭的美麗震住了，認為她是他最美麗的乘客。

一輛一輛的車緊挨著，排成長長的一串，把希光蘭乘坐的車夾在中間。這時，希光蘭才發現自己乘坐的計程車是黃色，這種顏色在車陣中十分醒目。她抬起手腕，不停地看錶，最後把手錶脫下來拿在手上，問司機，能不能繞道走？司機搖頭。一輛轎車緊緊地貼著他們的車屁股，好像前面這輛車是女的，後面那輛是男的。車子不能後退，希光蘭只能乾著急。

半個小時之後，車子像水一樣突然流動，慢慢地散向四面八方。希光蘭挺直腰桿，頭部前傾，催促司機加快速度。車子像一匹脫韁的野馬，在馬路上亂竄。希光蘭發覺司機開快車的動作比丁松的好看。車子愈來愈快，彷彿離開地面變成一架飛機。希光蘭喊煞車，車子卻剎不住。希光蘭聽到一陣玻璃的碎響，無數把鋒利的刀刺向她的身體。她感到痛，然後是不痛。希光蘭在被撞傷的一剎那，左手下意識地伸向方向盤。但是她的手並沒有抓住方向盤，而是緊緊地抓住了司機的右手。

司機易平想把這位受傷的女乘客從車上抱下來，他伸手一抱，才發現她的右腳被扭曲的車門夾住了。他用一根鐵棍撬開車門，把她抱到馬路上。鮮血沿著他的衣裳、褲管往下滴，他分不清哪些血是他的或是她的。走著走著，他發現地上留下一串腳印，腳印在馬路上發出刺眼的紅色光芒。他朝那些過往的車輛呼喊，但那些車輛都沒長眼睛和耳朵，根本不把他放在眼裡。他抱著希光蘭朝馬路中間走去，掛在希光蘭脖子上的皮包像老式座鐘的鐘擺，隨他步伐的移動而晃動。車子從他的身邊呼嘯而過，有些車輛彷彿是從他的身上碾過，但他感覺不到疼痛，好像自己是影子。過往的車子對他充耳不聞。他想這些司機都沒良心，他們不願救一個血淋淋的傷員，也許只有看到錢，他們才會把眼睛睜開。

易平騰出一隻手來摸錢，口袋裡空空蕩蕩。他打開那個吊在女人脖子上的皮包，發現裡面裝滿鈔票，伸手拉出一沓，鈔票在他手上迅速變紅。他舉著沾滿鮮血的鈔票朝車輛揮動。一輛計程車停到他的腳邊，緊急煞車聲震耳欲聾。他把希光蘭抱上後座。司機說，別弄髒了，小心一點。他被司機提醒，從希光蘭身下抽出手來，在座椅上搓來搓去，左手的血擦乾之後，他又換右手擦，兩隻手漸漸變得乾淨。他似乎還不解恨，說，你們司機真沒良心，見死不救。這時，他已經忘記自己也是一個司機。司機說，如果你是開車的，沒有錢你會救嗎？大家都是為了生活。司機說著話，目光始終盯著前方，頭部一動不動，這種姿態顯示出他說話的分量，好像他的話就是真理，不容探討和商量。易平想，如果我遇到別人車禍，會救嗎？不知道，我從來沒碰上過這類事情。

在醫院急診室裡，護士剪開希光蘭的衣服。易平看見這個女人的身上多處被戳傷，那些傷口像塗滿口紅的女人的嘴巴，好在女人的面部完好無損。易平想，她的面部能逃過玻璃，恐怕是車子撞向樹幹的一剎那她伸手抱住方向盤的緣故。她伸出左手的時候，頭部也跟著側向左邊。看見她傷得那麼厲害，易平突然產生了逃跑的念頭。他剛要轉身，卻被護士叫住了。護士說，你待在這裡幹什麼？還不趕快去交錢。護士把他當作了傷者的丈夫、情人、戀人或者親人，用命令的口吻叫他去交錢。

易平解下希光蘭身上的皮包，朝住院收費處走去。他站在收費處之外，腦子裡又閃過一絲逃跑的念頭。猶豫了一會，他把皮包裡的錢拿出來數了數，一共五千多。他把錢遞進櫃檯，收費員的問他，叫什麼名字？他說，易平。希光蘭以易平的名義住進了醫院。易平繳完費，發現皮包裡層裝著一張身分證和一本存摺，現在他才知道傷者名叫希光蘭。他想不到她的存摺上會有那麼多錢。

醫生告訴易平，希光蘭只是外傷，並沒有傷筋傷骨，但為了對病人負責，必須做一次全面檢查。易平跟在手推車後面，陪希光蘭去照 X 光。希光蘭已經清醒，她躺在手推車上，兩隻眼睛看看天花板、電燈線、蜘蛛網慢慢地移動，最後她的目光落在易平的身上。易平看見她的目光很冷漠，彷彿脫離了她的眼睛，與她沒有關係。

醫生把希光蘭折騰來折騰去，從此門到彼門，從這個平臺到那個平臺。易平始終不離左右，像抱自己的小孩子一樣抱著希光蘭，聽從醫生們的指使。希光蘭的身上纏滿繃帶，易平的每個動作都必須小心翼翼，有好幾次，易平聽到希光蘭在他的懷裡放屁。這使易平有一種吃到蒼繩的感覺，心想，她長得這麼漂亮，怎麼會有如此不文雅的行為？甚至，他想撒手不管一走了之。

打針、吃藥的時候，護士把希光蘭叫成易平。醫生查房的時候，也叫她易平。最初的兩天，一聽到護士叫易平，易平就從病床站起來。護士白他一眼，繼續對著床上叫易平。希光蘭不習慣這個稱號，也沒有什麼反應。易平提醒她說她們在叫妳，她於是點頭，表示已經聽到呼喚。反反覆覆叫了幾天，易平對易平這個稱呼漸漸麻木，希光蘭對易平這兩個字反而敏感起來。

希光蘭的突然失蹤，使丁松惶惶不可終日。他細心地檢視了希光蘭的房間，所有的東西都井然有序，不像是出走。由於手機和 BB Call 都沒帶走，他無法與希光蘭連繫。他耐心地等著，相信希光蘭會突然從某個地方冒出來。一個星期過去了，兩個星期過去了，希光蘭一直沒有出現。他已經喪失了等待的信心，認為希光蘭一定遇到了什麼麻煩。

希光蘭的傷勢逐漸轉好，並且精力也愈來愈充沛。易平問她，需不需通知她的親屬或者朋友？希光蘭說，不需要，也沒什麼朋友。易平不太相信，說，像妳這樣的女孩，不可能沒有朋友。希光蘭說，真的沒有。為了證實這話的真實性，希光蘭急得臉上一陣白一陣紅。易平完全相信了她，說，如果真的是這樣，我這車禍就值得了。希光蘭說，你的嘴巴怎麼這麼臭？如果我們換一下位置，你一定不會這樣說。

有時候，易平會躺到希光蘭的病床上，把頭小心地靠在希光蘭的腳邊。希光蘭用腳指頭刨他的耳朵。易平用手刮她的腳掌心。她放聲大笑，笑過之後，易平用雙手緊緊握住她的腳掌，像握住一團溫暖的絨毛，愈握愈緊。希光蘭的胸口一起一伏，喘息聲漸漸粗重，臉上呈現激動滿足的表情。這種表情一直持續到易平放手為止，他們彷彿從高處突然跌到地面，目光裡的內容開始變得複雜。

有一天，希光蘭叫易平去修理撞爛的車子。易平面帶難色。希光蘭說，是不是沒有錢？易平不作聲。希光蘭說，如果是錢的原因，你就不用擔心，快去把車子修好，我要坐你的車子出院。希光蘭幾乎是在命令他。

到希光蘭出院的那一天，易平真的把車子開來了。易平已經把車子漆成了紅色，這在希光蘭的意料之外，也叫希光蘭興奮不已。希光蘭坐到車子的後座上，說，易平終於出院了。易平說，是希光蘭出院了。希光蘭說，不，是易平出院了，她們叫了我一個月的易平。易平就朝希光蘭叫一聲易平。希光蘭爽快地答應，對著易平叫，希光蘭。易平說，希光蘭正在開車，請妳不要干擾他。他們叫著自己的名字，在大街轉了七八圈，以示慶賀。希光蘭說，住一次院像坐一次牢。

易平希望希光蘭到他那裡去。希光蘭不同意，說，我們只是萍水相逢，怎麼能那麼快上床？易平說，我並沒有說要跟妳上床，我保證不動妳。希光蘭說，你真的不動我？易平說，真的，在妳未同意之前。希光蘭沉默了。易平也不再徵求希光蘭的意見，把車直接開到自家門口。

一床軍用棉被成了易平和希光蘭的分界線，他們扣緊衣服上的扣子，分別躺到棉被的兩邊。棉被彷彿是他們之間的一道山脈或者一條河流，彼此都不能踰越。其實他們彼此清楚，這個夜晚誰也無法入睡。他們都緊閉雙眼，伸直雙手，以此證明自己的平靜和沒有非分之想。這樣憋了一陣子，易平感到難受，希光蘭的每一聲呼吸他都聽得清清楚楚，一股擾亂人心的氣味籠罩整個房間。他相信希光蘭和他一樣，只是佯睡。他的五個手指像五個偵察兵，從棉被底下悄悄地潛入，企圖觸控希光蘭的身體。第一次，他遭到拒絕，但拒絕得很微弱。第二次，他又遭到拒絕，比第一次的拒絕更微弱。易平終於鼓足膽量，撲向希光蘭。在一陣禮貌性的打鬥之後，雙方達成默契。易平像一個溺水的人，終於看到了彼岸，看到了希望，他變得異常手忙腳亂。

但幾乎是在接觸希光蘭的瞬間，他便提前完成了任務。希光蘭在他的臀部重重地拍了幾巴掌，把他推到床的另一邊去，說，做不完的事今後你別做。易平像一個完不成作業的小學生，說，我是第一次，我沒有經驗。

假眠一陣，易平的腦子裡充斥著亂七八糟的畫面，他無法平靜下來，回想剛才的每個動作，以及希光蘭恨鐵不成鋼的幾巴掌，慢慢地又變得亢奮。易平第二次騎到希光蘭的身上，像一位嫻熟的騎手，縱馬草原，絲毫不憐惜胯下的坐騎。馬蹄嘚喟，一絲女人的啼哭由遠而近。藉助微弱的路燈，易平看見希光蘭淚流滿面。希光蘭用雙手勾下他的頭。他感到希光蘭的那些淚水全都流到了他的臉上。希光蘭的手變得愈來愈有力，好像要把他從遠遠的地方拉進她的體內。他聽到她的哭聲高昂，悲喜交加。

從睡夢中睜開雙眼，易平看見遍地衛生紙，白得像成熟的棉花。一夜之間，他和希光蘭用掉了兩筒衛生紙。他坐起來看了看自己的身體，再看熟睡中的希光蘭。希光蘭不知什麼時候已經穿上衣服，但下身還赤裸著。他伸手去解希光蘭的衣釦。希光蘭突然睜開眼睛，雙手緊緊護衛釦子，不想讓易平看到她身上的傷疤。

丁松並沒有追問希光蘭一個月來的行蹤。希光蘭也不向丁松做任何解釋。丁松斷定希光蘭要麼是去會情人，要麼就是背著他偷偷地去墮胎。現在，丁松不想去糾纏這些問題，他只想跟希光蘭好好地睡一覺。

看到希光蘭十分冷淡，丁松有些惱火，他強行脫下她的衣服，看見她的上身掛滿傷痕。他問，出了什麼事？她把遭遇車禍的事重述一遍，但她隱瞞了跟易平的故事。她說，我現在全身麻木，對什麼都很冷漠，你就是用手掐我，我都沒有知覺。不信你試試。丁松在她的手臂上狠狠地掐了一下，希光蘭沒有任何反應。希光蘭抓起一把小剪刀遞給丁松，說，你用這個戳我，我也不知道痛。丁松用疑惑的目光看看希光蘭，並不接她手裡的剪刀。希光蘭拿剪刀的手高高舉起，正準備戳向自己的大腿時，丁松奪過她的剪刀丟到桌子上。丁松不管希光蘭麻不麻木，把她放倒在床上，迅速地撲上去，像是完成一種任務，並不考慮對方的感受。他看見希光蘭一邊跟他說物價一邊接受他的強暴，到後來她還哼唱幾句流行歌曲，彷彿丁松的事情與她無關。

希光蘭再次走進易平的房間，是第二天晚上九點。九點之前，她被丁松纏住不放，也打消了去易平那裡的念頭。後來，丁松喝醉了，在餐廳裡當著希光蘭的面捏弄別的小姐，大大方方地小費。希光蘭想，丁松根本不尊重我，他給我的那些錢就像給小姐的小費。小姐們得到小費之後，一個一個地消失了。希光蘭把丁松扶回住處，讓他躺到自己的床上，然後去關房門。她想，今天就這樣結束了。等她洗完澡返回臥室，聽到丁松的鼾聲很有節奏地響起，她用手指頭碰他，他沒有絲毫反應。於是，她走出家門直奔易平而去。

希光蘭從提包裡拿出兩萬塊錢遞給易平。易平不收。希光蘭把錢放到抽屜裡，說，這是修車的錢，如果那天不是因為我催你開快車，就不會出事。易平嘿嘿地笑兩聲，心裡暗自高興，說，可是我沒有什麼給你，我只有這個。易平指了指身體的某個部位，把希光蘭抱上床。希光蘭不讓易平解她的衣釦，命令易平關燈。易平不關。希光蘭從床上爬起來，自己把燈關掉。易平聽到她脫衣服的聲音，隱約看見她走動的軀體。她的軀體豐滿富有彈性，曲線幅度大。希光蘭對著站在一旁的易平說，你快一點，我還得趕回去。

第二天早上，丁松醒來時希光蘭還處於睡眠中。丁松用他的右手指在希光蘭的眼皮上、嘴唇上來回走動，就像是一輛車在公路上跑。跑了好久，希光蘭才醒過來。丁松說，昨天晚上，妳跑到哪裡去了？希光蘭說，我一直在陪你睡覺。丁松說，騙我，半夜的時候我想喝水，妳不在臥室裡，妳到哪裡去了？希光蘭說，我到洗手間收拾你的穢物，昨晚你吐了好多東西。丁松拍拍腦袋說，昨夜我吐了？希光蘭說，吐了，是我把你從外面扶回來的，半夜你說要吐，我就扶你到洗手間，你吐了好多。丁松說，我全記不起來了，這酒，今後我再也不喝了。希光蘭說，男人不喝酒，怎麼像男人。

一週之後，在丁松醉酒的餐桌上坐著易平。丁松已經出差了。希光蘭和易平在餐廳裡比賽喝葡萄酒，結果一人喝掉一瓶。希光蘭發覺易平悶悶不樂，低著頭不說話。希光蘭問他，出什麼事了，為什麼不喝，不高興？起先，易平不答話，希光蘭問多了他才說，錢，跟別人借的錢到期了，別人在催我還債。希光蘭把手一揮，說，不就是錢嗎？有錢你高不高興？易平說，有錢誰不高興。希光蘭說，兩萬夠不夠？易平說，差不多。希光蘭說，五萬。易平說，夠了。希光蘭說，十萬。易平說，別吹牛，妳哪有那麼多錢？希光蘭說，十萬，買你今夜開心可以了吧，你別哭喪著臉，像死了親人似的。

易平的臉上立即咧開笑口，高舉酒杯，又和希光蘭共乾了一瓶葡萄酒。兩人喝得東搖西晃，回到希光蘭的住處。易平見床就倒下去。希光蘭把他拉起來，說，你去幫我洗個澡，我長這麼大還沒人幫我洗過澡。易平跟著希光蘭走進浴室。希光蘭扭開水龍頭，兩個赤身裸體的人被雨籠罩。雨水沖刷他們的頭髮，歡快地流過山岡平原，打著漩渦進入下水道。希光蘭問易平，人最乾淨的時候是什麼時候？易平說，還沒有出生之前。希光蘭說，錯了，人最乾淨的時候是洗澡的時候。希光蘭用手搓她的下身，說，你吻吻我這個地方。易平說，髒，那不是放嘴巴的地方。希光蘭說，都是肉長成的，和嘴巴沒什麼區別。易平說，怎麼沒有區別？嘴巴能說話它不能。希光蘭說，你不吻，明天我就不給你錢。易平的頭漸漸地低下去，說，妳給不給，我都會吻的，因為我愛妳。希光蘭說，我也愛你。

獨自一人的時候，希光蘭喜歡面對鏡子脫掉自己的衣服。她看見那些傷口像一張張嘴巴掛在她的胸口、乳溝和腹部。如果把那張漂亮的臉蛋移出鏡面，我像一截樹樁，樹樁上布滿刀斧留下的痕跡。希光蘭在這樣的聯想中憎恨自己的身體，她決定到醫院去看一看，希望醫院能撫平她的傷口，還她光潔的皮膚。

〈美麗金邊的衣裳〉
——改編為《放愛一條生路》

易平開車送希光蘭到達醫院門口，掉頭正準備離去，一位陌生的小姐從醫院大門跑出來，朝他揮手。易平問她，到什麼地方？小姐說，新民路。小姐打開車門，坐到副駕駛座。易平說，妳的身體那麼結實，怎麼會生病？小姐說，我的鼻腔發炎。易平一邊開車一邊扭頭看小姐的鼻子，發覺小姐的鼻梁很高，在高高的鼻梁之上有一雙清澈透明的眼睛，還配著雙眼皮。易平扭頭笑了一聲。小姐說，你看出來啦。易平說，看出什麼？小姐說，我的鼻梁和雙眼皮，都是在這個醫院做的。易平說，妳不說我還真看不出來。小姐驚訝地叫道，真的？易平點頭。

過了交流道，易平看見一位中年男子朝他揮手。他把車停在路邊，對小姐說，妳別出聲，我只收你一半費用。等那位乘客坐穩之後，易平才發覺他的精神有問題。他把手伸向小姐的頭髮，慢慢地撩起來，頭髮從他的手指間滑落。小姐目光專注地望著前方，並沒有發現自己的頭髮被玩弄。乘客再次把小姐的頭髮撩起來，說，小姐，妳有沒有讀過詩？妳的頭髮飄起來，像一面旗幟。小姐回過頭，看見自己的頭髮被乘客攥在手裡，嚇得縮成一團，用求助的眼光望著易平。易平回頭盯住那位乘客，說，你把手鬆開。那位乘客說，你讓我吻她一下，我就鬆手。易平剎住車，說，你鬆不鬆手？那位乘客說，鬆，但你要讓我吻她一下，只要一下，我不會傷害她。易平跳下車，打開後門，對著那位乘客揮了一拳。那位乘客迅速鬆手。易平把他拖出車外，摔到路旁。

小姐在髮廊前下車。小姐說，我叫李月月，如果你要洗頭、按摩什麼的，請到這裡找我。易平說，現在我就想按摩。易平停好車，跟李月月進出髮廊，裡面的小姐和男人都用硬邦邦的目光看他們。李月月帶著易平穿過髮廊進入內室。內室分成無數小房間，易平在李月月的床上躺下來。李月月像騎馬一樣騎到易平的身上。一陣潮溼的氣息在易平和李月月之間泛起。他把李月月翻到下面，說，還是我幫妳按摩吧。李月月雙手抓緊褲帶，說，不行，你不能這樣，你必須先付錢。易平說，多少？李月月說，兩千。易平從皮夾裡拿出兩張紙幣，塞進李月月的乳罩裡，說，妳有病。李月月說，沒有，我是剛來的。易平說，所有的髮廊女都說自己是剛來的。

易平做得從容自在，面帶幾分得意之色。李月月的頭一次又一次抬起來，最後咬住易平的膀子，咬了大約兩分鐘，才鬆開。李月月說，你做得這麼好，下次，我不收你的錢。易平頓時有力了，加快速度，好像是為了報答李月月的那句話。

中午十一點，易平把車開到醫院門口，這是他和希光蘭約定的時間。他在車裡等了將近半個小時，不見希光蘭的蹤影，猜想希光蘭一定是先回去了。

易平開車追到希光蘭居住的樓下，跑步上到四樓，敲門。

裡面沒有聲音，易平再敲。門拉開了，他看見一位陌生的男人堵在門口，他的臉上布滿鬍鬚，下巴上有一小塊傷疤。男人說，你是不是搞錯了？易平說，希光蘭是不是住在這裡？男人的眼皮跳了一下，說，你是她什麼人？不等易平回答，希光蘭已跑到門邊，指著鬍鬚說，他叫丁松，我表哥。然後又向丁松介紹易平，說是坐他的車出的車禍，住院時跟他借了錢，現在他是來要錢的。丁松板著面孔問，借多少？希光蘭說，五千。丁松從皮夾裡拿出五千塊錢，遞到易平的面前。丁松拿錢的動作，很像易平今天上午拿錢給李月月的動作。易平想，我又不是妓女。易平沒有伸手接錢，那些錢散落在地板上。易平白一眼希光蘭，返身走下樓梯。

晚上，易平把李月月帶到自己的房間。易平誆她上床，她不為所動，坐在沙發上翻著那些過期的雜誌和畫報。易平伸手去拉她。她說，拿錢來。易平說，妳不是說不收我的錢嗎？李月月說，什麼時候說的？易平說，今天上午，妳怎麼說話不算數。李月月說，那是說著玩的，我比你更需要錢。易平問她，要多少？李月月說，過夜要五千。易平拿出錢摔在地上，說，拿去。李月月彎了五次腰，才把地上的錢撿完。

易平和李月月很快進入角色。易平問李月月，好不好玩？李月月說，好玩。易平說，好玩，為什麼還要我的錢？李月月說，這是兩回事。易平說，只要妳不再跟其他人，每天晚上都來我這裡，我給你一萬。李月月說，真的？易平說，真的。兩人做著事，說著話，突然傳來了敲門聲。他們的聲音停住，身體也跟著僵硬了。敲門聲漸漸升高，節奏不斷地加快，易平知道敲門的人是希光蘭。屋裡屋外一陣沉默，多餘的聲音都消失了，只有易平和李月月的呼吸誇張而富有節奏。屋外的人好像走了，易平從床上爬起來，簡單地收拾一下房間，輕輕地拉開一道門縫。他剛把頭探出去，就被希光蘭扇了一巴掌。他感到希光蘭的巴掌像一把刀，從他的臉上削掉了一塊肉。扇完，希光蘭轉身走了，她的腳步聲十分響亮。易平想，她的腳步聲就像她的脾氣那麼自負。

易平交給李月月一把鑰匙。李月月把鑰匙掛到脖子上，就像幼兒園的小朋友把自家的鑰匙掛到脖子上。有了鑰匙，李月月就分期、分批把一些日常用具搬過來，似乎是要鐵下心跟易平過日子。易平已經不大跑計程車了，他在希光蘭和李月月之間周旋。有時希光蘭要過來，他就把李月月支走。李月月知道，易平把她支走是為了約會另一位女人。但她對此並不在意，像出門買菜一樣輕輕鬆鬆地走出易平的房間。回來時，她還為易平洗衣服，收拾殘局。偶爾她會對著躺在床上顯得極其疲憊的易平發問累不累、過不過癮？和自己比起來，那個女人有什麼不同？為什麼不離開她？高興的時候，易平會誇獎一番李月月。不高興的時候，他會把李月月抓到床上，逗得她慾火焚身，但他卻沒有能力拿出實際行動來。這種時候，李月月想跑出去，易平卻不讓。易平把李月月反鎖在屋子裡，自己開車出去蹓躂。李月月像一隻籠子裡的鳥，在屋子裡轉來轉去，嘴裡不停地詛咒易平，彷彿詛咒能替她打通一個出口。

一天，李月月拿著三千塊錢去工地找她的哥哥李四。她走進工地時，許多工人扭過頭去看她。她迎著那些貪婪、色情的目光，在汙水泥漿中小心翼翼地行走。有人停下手中的工作，問她，找誰？她說，找李四。那人朝樓上指了指，說，李四在樓上。那人仰頭朝樓上喊李四。李月月隨著喊聲一層一層地望上去，她看見哥哥李四正攀在九樓的窗戶刷油漆。哥哥像一隻蒼蠅，爬在高高的樓上，隨時都要飛走似的。李月月朝上面揮手。李四從窗外鑽進大樓。李月月再也看不見他。旁邊的人還在喊，李四，快下來，有個女的找你。

李月月看見哥哥從大樓裡跑出來，他的鞋子和衣服沾滿黃色的油漆，遠遠地就聽到了他的喘息聲。李月月說，你慢一點。李四對她咧嘴一笑，喘息聲從笑容裡消失了。李月月牽著李四的手，走到一個僻靜的地方，從口袋裡拿出錢塞給李四。李四把錢推回來，說，妳自己留著花。李月月說，我有，我賺了好多錢。李四說，妹，這些錢妳是怎麼賺來的？李月月說，你別管，你現在急需用錢，拿去用吧。出門的時候，爹交代過我，要你快點賺錢，快點找對象。如果你在這裡找不到，就把錢帶回家去找。李四說，我哪裡有錢，每天的工錢只夠我的伙食和抽菸。李月月說，現在，我不是送錢來給你了嗎？李四抓過李月月手裡的錢，雙手微微顫抖，說，妹，我有錢了，我要談戀愛。李月月對著李四不停地點頭。

李四拿著三千塊錢朝大樓裡走去，一邊走一邊吹口哨。幾個人圍住他，跟他要菸抽，逼他請客。李四說，憑什麼要我請客？李四從他們的中間往外擠，但被他們擋了回來。他們問李四操過沒有？李四說，她是我妹妹。那幾個突然張嘴大笑。有人說，是不是那種妹妹？你不老實。李四說，她真的是我妹妹。另一個人說，如果真的是你妹妹，你把她介紹給我。李四不作聲，從他們中間強行擠了出去。

從收工的那一刻起，李四就蹲在廚房的門口看崔英做飯。工班走到哪裡，崔英就跟到哪裡，她跟著工班做了三年多的飯。剛來的時候，她的胸部還沒有現在這麼高，屁股也沒有現在這麼圓。如果在她的身上捏一把，她會不會喊叫呢？如果要她做我的老婆，她會不會答應？有一句話，我憋了兩年。現在，這句話又來到了我的喉嚨邊，它快要從嘴巴裡滾出來了，可是它還是沒有膽量滾出來……另外兩個廚師挑著菜朝廚房走來，李四想，我得趕快離開，免得她們又笑我成天打崔英的主意。

這個晚上，李四食慾特別旺盛，他添了兩次飯。他添飯的時候，崔英把目光從飯碗裡抬起來，偷偷地望他。吃飯的人三個兩個地散去，最後只剩下李四一個人捧著大碗，蹲在地上慢慢地吃。崔英說，你吃快一點，我好洗碗。李四說，我幫妳洗。李四從地上站起來，端著碗走進廚房。崔英緊跟著走了進去。

天差不多全黑了，廚房裡十分陰暗。李四不去開燈，崔英也不去開燈。崔英挽起衣袖，雙手伸進盆裡，說，我自己洗。冷水泡著兩雙手，兩雙手在瓷碗上磨來磨去。突然，李四把崔英的雙手抓在自己的手裡。他感到崔英的手軟軟的，好像一團棉花。李四說，我想跟妳結婚。崔英像被針戳似的把手抽回來，背過臉，在門口站了一會，然後跑出去。

崔英跑到工地旁的一棵樹下，那裡陰森森的沒有一點光線。她在那裡停留片刻，又走出來朝樓上走去。她走到三樓，就爬出陽臺坐在鷹架上，雙腳不停地擺動。李四的目光一直跟著她，生怕她往下跳。李四坐在樓下，望著崔英那雙隱約晃動的雙腳，想著如果她不從三樓走下來，今夜我就不離開。崔英坐到高處，以為逃脫了李四追捕，並不知道李四像一隻獵狗，在樓下守候。

李四變得有些反常，休息時他遠離那些工人，不跟他們說笑，也不跟他們一起抽菸。菸癮發作了，他便避開眾人，躲到大樓的拐角處或者較隱蔽的屋子自個抽起來。大樓已經封頂，現在開始轉入裝修，幾乎每間屋子裡都堆滿了泥沙、木板和一些零亂的雜物。從他嘴裡噴出來的菸霧，在這些雜亂的屋子裡飄蕩。李四喜歡牆壁粗糙、堆滿雜物的房間，小時候他就睡在這樣的房間裡。一旦牆壁抹亮、地面鋪上瓷磚，就意味著他們要離開這幢他們親手修建的大樓，意味著他們不再在這幢樓裡住宿、抽菸、大小便。

有人看見李四躲在廁所裡抽菸，就叫了他一聲。李四被他自己的名字嚇了一跳，說，我來了，我來了。李四從廁所裡走出來，叫他的人卻不見了。李四分辨不出叫他的聲音是誰發出的。直到吃晚飯時，他才知道白天叫他的人是同鄉羅慶元。羅慶元說，李四躲在廁所裡吸菸，我一叫他，他就嚇了一跳，好像在裡面幹什麼見不得人的事，像個小偷。李四對著大家嘿嘿一笑，說，沒幹什麼，我沒幹什麼。

有人說，李四一定買了好菸，有意躲著我們。幾個人圍住李四，搜尋他的衣褲。他們從李四身上拿出半包萬寶路來，然後把它當作戰利品分發給大家。羅慶元不抽菸，但他的目光一直跟著那半包萬寶路走。香菸分完了，羅慶元從地上撿起菸盒，拿到鼻子嗅了嗅，說，李四，你發財啦？李四說，現在不抽幾包好菸，等死了再抽呀？羅慶元說，你離死還遠得很，怎麼抽這麼貴的香菸？你還要找對象呢。

李四聽到崔英在廚房裡叫他。李四走進廚房。大家對著李四的背影起鬨，他們都知道崔英叫李四進去是叫他去洗碗。吃完飯的人都把碗丟到李四面前的大盆裡，他們說，李四，你慢慢洗吧。等人群散盡之後，崔英說，你抽那麼好的菸，誰敢嫁給你。李四說，我有錢。崔英說，你有錢，你有多少錢？我媽說誰要娶我必須給家裡五千元聘金。李四的頭像被鐵錘砸了似的，忽然低下來，說，只要妳同意嫁給我，我再想辦法。崔英說，只要你拿得出錢來，我就嫁給你。

一天晚上，李四邀崔英爬樓梯。他們從一樓開始往上爬，李四說，我們上到最高的那層去，然後妳就會看見好看的燈光。崔英說，我一直幫你們煮飯，這大樓我還從未爬上去過。李四說，就是說呀，這麼高的大樓妳不上去看看，可惜。崔英緊跟在李四的後面，上到三樓時，李四開始抓住崔英的手，他們手牽手肩並肩朝樓上走去。到了六樓的轉角處，李四雙手摟住崔英，嘴巴在崔英的臉上飛快地啄了一下。李四聞到了一種他夢想的氣味，整個身軀彷彿飄離地面，從樓上慢慢地往下飛。到了八樓，李四伸手去摸崔英的乳房。崔英推開他的手，打了一下李四的手掌，說，你再亂動，我不跟你上去了。李四說，我不敢了，妳上到樓頂，我給妳看一樣東西。崔英說，什麼東西？李四說，上去妳就知道了。

他們終於走到了十六樓，看見了城市的燈光和燈光下的馬路。他們把頭伸出陽臺，卻看不見他們天天吃飯的廚房，樓底下一團黑。李四說，現在沒有人能看見我們了。崔英站在陽臺上喘氣，胸口一起一伏地看遠處明亮的高樓。李四想，如果我跟她睡了，她媽就要不到五千元聘金了。如果她肚子大了，我就說我沒有錢，到那時不怕她不嫁給我。

李四撲向崔英。崔英被他壓到地板上滾了幾下，又站了起來。崔英沒有說話，但喘著粗氣，恨不得打人。李四從口袋拿出一張存摺，遞到崔英面前，同時點燃打火機，說，妳看，我有錢，聘金我都準備好了。崔英在李四的左臉和右臉上各扇了一巴掌，說，你想占便宜，在沒登記結婚之前，你休想。李四捂著臉，對崔英乾笑，說，反正妳是我的，等一等也無所謂。

到了夏天，各式各樣的裙子擺在商店櫥窗的顯要位置。崔英發現在離工地五十公尺遠的左邊街角，有一條粉紅色的裙子很好看。每天買菜，她總要途經那家商店，但她沒有勇氣走進去看一看、摸一摸。她猜想那條裙子價格不低於一千，太貴了，只能扭頭望一望。她想著結婚的那一天如果能穿上它就沒有什麼遺憾了。

崔英知道李四沒有錢，存摺上的五千元已經作為聘金寄回老家。自己手上雖然累積了四千，但用其中的四分之一來買一條裙子，她實在捨不得，還有許多比裙子更為重要的東西等著她去花錢呢。有時，她故意忘掉那條裙子，走過那家商店時顯得鎮靜不屑一顧。久而久之，她似乎是把它忘掉了。然而，某些時候它又突然從腦海裡冒出來。她在想也許李四還存有一點錢，說不定什麼時候他會給我買那麼一條裙子。好幾次，她想對李四說你買不到那條裙子，你就別跟我結婚。但看著李四滿身的油漆和那張粗糙的臉，她又把想說的話咽下去。奇怪的是，晚上做夢她也常夢見那條裙子。

大部分時間裡，希光蘭為整治她的傷口而忙碌。儘管她的傷口在慢慢地癒合，上身的皮膚也逐漸光亮起來，但丁松開始厭惡那些傷口。做愛的時候，他命令希光蘭穿上衣服。希光蘭不穿，說，你受不了就不要做，我現在討厭做這些事情。希光蘭對性生活變得十分冷淡，喜歡跟著丁松去賭博。一天深夜，希光蘭從賭桌上贏錢回到公寓，清點提包，大約贏了一萬元。她想到好久沒見易平了，於是把易平喚到她那裡。她對易平說，你是不是過得很快活？易平沒回答她，把她扳倒床上。她推開易平，從床上坐起來，說，我不是叫你來睡覺的。我叫你來，是想跟你聊天。易平老實地坐到沙發上。希光蘭看見他翹起二郎腿，一副悠然自得的模樣。希光蘭在他短髮上摸一把，說我贏錢了。易平說，贏了多少？希光蘭說，從早上打到現在，贏了一萬。易平說，一萬塊，對妳來說只是一根毛。

希光蘭從提包裡拿出五千遞給易平，說，拿去用吧，今夜你就別走了，陪我好好睡一夜，但不能做那事。易平說，這樣我受不了。希光蘭說，你把我當作男人得了。這個夜晚，易平備受煎熬。希光蘭躺到床上便進入夢鄉，好像是打麻將打累了。易平的手擱到她身上，她竟沒有任何反應。易平用力搓她揉她，她仍然無動於衷。易平睜著雙眼，度過了漫長的一夜。

第二天早上，易平回到他的住處，李月月還沒起床。妳逛街去，讓我好好睡一覺，他一邊說一邊從口袋裡拿出一千塊錢放到桌子上，妳拿錢去買幾套衣服，中午十二點鐘以前不要回來。李月月胡亂地洗把臉，抓起錢跑出去。易平想著她怎麼連牙都不刷。

李月月找到她的哥哥李四，說，你快要結婚了，我這裡有一千塊錢，你拿去給崔英買一套好一點的衣服。李四接過錢，連連點頭，說，妹，我又要妳的錢了。他的眼睛微微發紅，想著我是哥哥，反而要妹妹來接濟我，真不像話。李四說，妹，等我有錢了一定還給妳。

李四帶著崔英走進離工地五十公尺遠的左邊那家商店。崔英看見那條粉紅色的裙子標價一千五百元，高高興興的心情被這個價格一下子撲滅了。崔英試探著問老闆，一千元賣不賣？老闆是個小夥子，看了崔英一眼，又看了李四一眼，說，一千，妳拿去吧。崔英想不到她真的能穿上這條裙子結婚，想不到老闆那麼慷慨。

回來的路上，李四低著頭不說話。崔英前五十步滿臉笑容，後五十步不笑了。她愈想愈有些後悔，替李四心痛那一千塊錢。她想著如果我把價壓到八百，也許老闆就賣給我了，要不然他怎麼那麼爽快。一千元，太貴了。崔英嘆一聲長氣，李四也嘆一聲。他們彼此都不說話，但他們其實是在想同一個問題。

李四和崔英的婚禮在一個夏天週末的傍晚舉行。婚禮十分簡單，他們在六樓一間裝修完畢的房間鋪了一張婚床，買了一些喜糖分給大家。工班的老闆丁松也參加了婚禮，他說，再過兩個月大樓就要交屋了，現在暫時借一間來讓李四做新房，希望李四和崔英好好地利用這兩個月，別浪費這麼高的大樓、這麼漂亮的房間。大家於是就笑，就起鬨。

婚禮上，李四和崔英始終把李月月當作恩人。他們每說一句話，每做一個親暱的動作，總要看李月月一眼。李月月笑，他們跟著笑。李月月不說話，他們也不說話。

這個夜晚，丁松一直蹲在樓下的人堆裡，和光著膀子的工人聊天，把帶在身上的兩包好菸抽完了，就和工人抽劣質香菸。他不時地抬起頭，望向大樓和高高的鷹架，像是在等待什麼。

大約十二點，丁松看到了他等待的結果。他看見李四和崔英從房間裡走出來，悄悄地朝樓上爬去。爬到第九層，他們越過陽臺，躺到鷹架上，開始他們的新婚遊戲。丁松料到李四和崔英不習慣那間新房。事實上，李四和崔英真的不適應六樓的那間房子，他們覺得那房子不是自己的，在不是自己的房間裡做愛，就等於在別人的眼皮底下幹壞事，好像有一雙眼睛始終盯著。李四還覺得那間房鋪了瓷磚，抹過牆壁，太漂亮了，不真實。後來，他牽著崔英的手溜出大門往樓上走，當他走到九樓時，發現在鷹架上比在走廊上好。鷹架才是他真正的家，才是他的位置。

丁松離開那些睏倦的工人，開車走了。他的發現使他想起希光蘭。他想，今夜一定要好好跟希光蘭睡一覺，就像李四和崔英在鷹架上那樣好好地睡一覺。

李月月也是十二點之後才回到易平的身邊。她很興奮，一邊脫衣服一邊講婚禮上的趣事給易平聽，說那些工人如何如何粗魯，叫哥哥和嫂嫂當面親嘴。易平禮貌性地聽著李月月嘮叨，想說等洗完澡，她就會停住嘴巴。但李月月並沒有停住，易平打斷她的話，說，今夜是妳哥哥結婚，又不是妳結婚，怎麼興奮成這副模樣？李月月反駁，如果沒有我，哥哥就結不成婚。崔英為一條裙子差不多發瘋了，說買不到那條裙子就要和我哥分手。我哥沒有錢，是我拿錢給我哥買那條裙子。易平說，妳的錢從哪裡來的？李月月不好意思地把頭埋在易平的胸口，說，是你給的。易平用手托起李月月的下巴，說，現在輪到我興奮了，是我的錢促成了一樁幸福美滿的婚姻。李月月應聲倒在床上，覺得今夜的易平特別凶猛。

第二天早上，易平餘興未消，興沖沖趕到希光蘭的公寓，把門拍得山響。希光蘭打開門，極不友好地說，你為什麼不按門鈴？興沖沖的易平一下子就縮了。

易平把兩隻手搓來搓去不敢說話。希光蘭從嘴巴裡抽出牙刷，說，你有什麼好消息你說呀，我聽著呢。說完，希光蘭又彎腰繼續刷牙。易平說，有一個鄉下的小女孩，家裡面十分貧窮。很小的時候，她就憧憬有條粉紅色的裙子。她想著將來長大了，一定要穿著一條粉紅色的裙子結婚。後來，她來到了大城市，但是她仍然貧窮。有一位年輕的小夥子愛上了她，買項鍊給她，她拒絕了，請她坐轎車、買手錶給她，她也拒絕了。那個有錢的小夥子只好傷心地離開了她。後來，她碰到了一位工人。那位工人每天都看見女孩站在商店的櫥窗外，眼睛定定地看櫥窗裡一條粉紅色的裙子。工人偷偷地看了一眼裙子的價格，一千元，嚇壞了，因為他的口袋裡沒有那麼多錢。但是，他很想買那條裙子送給那位女孩。一天，那位工人把這件事講給我聽。我說一千元，拿去用吧。我送給他一千塊錢，他買了那條裙子送給女孩，女孩就跟他在一起了。昨天晚上，他們結婚了。結婚時，那位女孩真的穿著那條粉紅色的裙子。

希光蘭把嘴裡的泡沫噴出來，說，真的？易平說，真的。希光蘭說，我聽起來，怎麼像是一則講給小孩子聽的童話。易平說，騙妳是狗。希光蘭若有所思地點點頭。易平說，如果我知道一條裙子能得到那個女孩，我就自己買來送給她。希光蘭說，你後悔了？易平說，沒有，我來是想告訴妳，那個女孩買裙子的錢是那天早上妳給我的。

希光蘭坐在易平的車上，他們走走停停，沿街選購了許多的服裝。車的後座上堆滿裙子、襯衣和褲子等等。希光蘭坐在後排服裝的中間，自從發生車禍以後，她再也不敢坐前排了。

回到住處，希光蘭把那些服裝一字排開，她挑挑揀揀，穿這件脫那件，太露的她不敢穿，那會露出她的傷疤。袖子長、領口高的她也不想穿，覺得那些服裝穿起來不性感。她買了一屋子的服裝，但沒有一套是她滿意的。

一晃到了黃昏，希光蘭似乎不再猶豫了。她撿起一條粉紅色的裙子穿上，問易平，這一條可不可以？易平說，可以。希光蘭說，我選這條裙子，是因為受了你故事的影響，我要穿著這條裙子去會我的情人。現在，我突然想做那事了，麻木了這麼久，今天我好像又活過來了。易平說，妳的情人在什麼地方？希光蘭說，華僑飯店。

易平把車開到華僑飯店門前。希光蘭並不下車，從車窗望出去，她看見許多年輕而陌生的面孔在華僑飯店門前晃動，他們手上拿著鮮花、報紙和雜誌，這些物品都是他們的接頭暗號。他們彼此呼喚對方的名字，朝著對方奔去。希光蘭猜想人群中，絕對沒有人呼喊希光蘭。那個在門上留下「不見不散」

的人，也沒有告訴我，他手上拿著什麼東西。他會是誰呢？他長什麼模樣呢？會不會是某個熟人開的玩笑？說不定，那張字條是丁松的惡作劇？

希光蘭這麼漫無邊際地遐想，背脊一陣麻一陣涼。她對易平說，走吧。易平說，他沒來？希光蘭說，是我沒來，那次車禍，我就是為了趕這裡的約會，但是我錯過了，到現在我都不知道他是誰。

易平聽從希光蘭的指使，把車開到丁松家附近。希光蘭走下車，說，我想走一走，你回去吧。易平說，不做那事啦？希光蘭說，晚上我再叫你。易平掉轉車頭，甩下希光蘭匯入車流。希光蘭盯住易平的車，盯了一會兒便分不清哪一輛是易平的。大部分的計程車都是同樣顏色。

天邊最後的一抹亮色被路燈趕走。希光蘭一個人走在大路上。這個夜晚她突然擁有了熱情和狂躁。很快，她就走到丁松家的樓下，原本只想朝丁松的四樓望一望，然後繼續朝河堤那邊走。但是這一望，使她改變了主意，她看到一件美麗金邊的衣裳掛在四樓的陽臺上。這是一個安全的訊號，是她和丁松的私下約定。她想，丁松並不知道我來，為什麼要掛那件衣服？難道他每天都掛著這件衣裳等我嗎？既然他那麼有心，那我就上去看一看。

希光蘭拉了拉裙子的領口，又看了看身上粉紅色的裙子，朝四樓走去。她按響了丁松家的門鈴，聽到門嘩地一聲拉開，看見丁松站在門裡尷尬地笑。她跨進門去，用腳後跟關上門，迅速地摟住丁松，在他臉上叭叭叭地親了幾下。丁松把臉扭過去，說，妳是誰？幹麼要這樣？我不認識妳，妳怎麼能這樣？丁松話音未落，希光蘭便看見馬麗穿著那件金邊的衣裳從陽臺走進來。希光蘭想，糟糕，我還以為陽臺上掛著那件衣服，沒想到是馬麗穿著它站在陽臺上。我怎麼就沒看清楚呢？

寫於一九九六年

〈美麗金邊的衣裳〉
——改編為《放愛一條生路》

〈我們的父親〉

——改編為《我們的父親》

〈我們的父親〉
——改編為《我們的父親》

某年某月的某一天，我們的父親來到我居住的城市。那時，我的妻子正好懷孕三個月，每天的清晨或者黃昏，我的妻子總要伏在水龍頭前，經受半個小時的嘔吐煎熬。其實我妻子也吐不出什麼東西，只是她喉嚨裡滾出來的聲音一聲比一聲響亮，一聲比一聲嚇人。

我們的父親就在我妻子的嘔吐聲中，敲響了我家的房門。我看見我們的父親高挽褲腳，站在防盜門之外，右邊的肩膀上挎著一個褪色的軍用背包。看見我們的父親，我像從肩上卸下了一副沉重的擔子。我對我們的父親說，過去母親懷我們的時候，是不是也嘔吐不止？你們生養了三個小孩，對於嘔吐一定有經驗。我們的父親搖搖頭，說，你們的母親好像從來沒有嘔吐過。沉默了一會，我們的父親接著說，或許你們的母親也曾經嘔吐過，只是我記不清楚了

我們的父親把他的軍用背包放到沙發上，我的手情不自禁地伸到背包裡。過去，我們的手從背包裡拿出糖果、紙鈔、鉛筆、作業本，現在，我從背包裡拿出一桿黑色的彎曲的菸斗和一小袋菸絲。我們父親的目光緊緊地盯著我的手，我趕快把菸斗塞回背包裡。

妻子的嘔吐聲不時地從洗手間裡傳出來，我們的父親被這種聲音嚇得手忙腳亂，從沙發上站起來又坐下去。他的手落到一本雜誌上，撿起來翻了幾頁，便慌張地丟回原來的位置。他

的雙手不停地搓動，偶爾也騰出一隻手來抓抓花白的頭髮。在我們的父親看來，我妻子古怪的聲音不亞於一聲聲驚雷。最後，我們父親的手落到背包上，他才變得鎮靜下來。他拿出菸斗和菸絲準備抽菸。我說，你的兒媳已經懷上了你的孫兒，屋內不准吸菸。他臉上擠出一絲苦笑，菸斗從他的指間滑落。他只好離開沙發，走到陽臺上。

我猜想我們的父親會站在陽臺上抽一桿菸。但是等了好久，我沒有看到菸霧從陽臺上飄起來。我們的父親在陽臺上喊我。他沒有喊我現在的名字，而是喊我的小名。我應聲來到陽臺。我們的父親從頭到腳把我認真地看了一遍，然後把填滿菸絲的菸斗遞給我說，我沒帶什麼東西給你，裝一桿菸給你抽吧。

我接過菸斗，狠狠地吸了一口，那些菸霧沿著我的臉龐往上爬，一直爬進我的頭髮裡。我們的父親站在一旁盯住我的嘴唇，看我吸菸。我發覺我們的父親根本沒有把這裡當作他自己的家，他有些緊張、羞澀和不習慣。我吸了幾口之後，把菸斗遞到我們父親的嘴裡。我們的父親吸了兩口，又把菸斗遞給我。就這樣，我和我們的父親一人一口，輪換著把那根菸抽完。

這時，我聽到了電話鈴聲。電話是 A 打來的，A 是我的主管。A 問我，吃過晚餐沒有？我說，吃過了。A 說，吃過了就好，你馬上收拾一下行李，跟我出差。我想對 A 說我們的父親剛來，我的妻子現在正在嘔吐，出差能否推遲到明天？但是我想了想，還是沒有把想說的話說出口。

擱下話筒，我把目光投向我們的父親，說，小鳳就拜託你了。小鳳是我妻子的名字。我們的父親舉起那根菸斗輕輕地一揮，說，你放心地出差吧，把差出好囉。

事實上，我和 A 以及司機這個晚上並沒有離開我們居住的城市，我們躲在長城酒店的一間小包廂裡唱歌跳舞。這是 A 的有意安排，A 迷上了酒店裡的一位小姐。我雖然跟隨 A 多年，但始終揣摩不透 A 的心思。我不知道我們的出差是到此為止呢，還是繼續走下去？A 似乎看出了我的疑惑，說，等出完這趟差，你的事情就解決了。我說，什麼事情？A 說，提拔的事。A 說這話時，我突然覺得 A 像我們的父親。於是我抓起麥克風，拚命地歌唱。我的聲音一個一個地鑽進麥克風，然後變成炸彈，在音響另一端炸響。聲音加水，淹過我們的腳面、脖頸和頭頂，最後把整個包廂淹沒。A 朝我露出寬慰的笑，吶喊聲使我們彼此感到安全和信任。

從這個晚上開始，我跟 A 就算正式出差了。轉了幾天，我們轉到了另一個大城市。A 對我說，不要往家裡打電話，不要讓公司和家裡知道我們在什麼地方。A 的遊興極佳，我只好陪著他高興，但我的內心卻憂心忡忡，擔心我的妻子和我們的父親。有時，我的胸口會莫名其妙地慌張。我想對 A 說我們快點回去吧。這樣想了好幾次，又猶豫了好幾次，最終還是不敢跟 A 說。A 甚至不讓我離開他半步，他把我當成他的心腹，就連玩女人和尿尿，他都不迴避我。

二十多天之後，我才回到家裡。看見我的妻子小鳳精神抖擻地站在廚房裡炒菜，我於是長長地鬆了一口氣。小鳳看見我，臉色刷地白了，捏在手裡的湯瓢噹地一聲掉到地上。小鳳說，我們的父親不見啦。我說，我們的父親好好的，怎麼就不見了呢？他會不會在姐姐家，或者大哥那裡？小鳳說，都不在，我已經打了電話給他們，他們都說不在。他們還在電話裡責怪我們。

電視劇《我們的父親》劇照

〈我們的父親〉
——改編為《我們的父親》

小鳳對我說，大約在你出差的第三天，我們的父親開始變得狂躁不安。他從客廳走進你的書房，又從書房走到客廳，整整三天時間他沒抽一桿菸，沒喝一口酒。我對他說，父親你要抽菸的話你儘管抽，你要喝酒的話酒櫃裡有。我們的父親說這幾天我沒有什麼胃口，就是想你的姐姐和我的外甥，明天我就回去，到你的姐姐家去住幾天。

後來我才知道，小鳳當時並不是這樣說的。小鳳當時說，爸，如果你的菸癮發作了，你就到陽臺上去抽。想要喝酒的話，自己拿，酒櫃裡有。我們的父親說，我這一輩子什麼都不癮，就癮一口菸。現在妳懷上我的孫子了，我也不好在妳這裡抽菸，明天我就回去，到你姐姐家去，她的兒子已經五歲了，我猜她會讓我在家裡抽菸。小鳳當即從小提包裡抽出五百塊錢說，爸，如果你實在不習慣這裡，還不如到姐姐那裡散散心。這五百塊錢，你拿去做車費。我們的父親第二天早上離開我的家，他把那五百塊錢壓在了冰箱上。

我趕到姐姐家的時候，姐姐一家人正圍在飯桌旁邊吃晚飯。姐夫是醫院的院長，我的到來並沒有引起他多少注意，彷彿我們的父親不是他的岳父，我們父親的失蹤和他沒有任何關係。他把頭埋在碗裡，只顧大口大口地吃飯，連眼皮也不抬一抬。兩分鐘之後，姐夫放下碗筷說，還有一個手術等我去做，你們姐弟慢慢聊吧。姐夫一邊說話一邊走出家門。我看見他古怪地朝我笑了笑，便順手把門帶上了。

姐姐仍然坐在飯桌旁，她正在督促她的小孩陳州吃飯。陳州的目光不時從餐桌上跑過來，他嘴裡含著飯，但還不停地叫我舅舅。姐姐說，爸到我這裡的時候，已經是下午六點了。當時我正在廚房裡做飯，聽到門鈴響了三下，我就跑出來開門。我看見爸滿身塵土，什麼也沒帶，只帶了一個軍用背包。我叫爸坐到沙發上，打開電視讓他看。在我做飯的過程中，爸曾兩次跑到廚房門口看我。我說爸你是不是餓了？爸說沒有，我看妳一眼就走，我還是到妳哥那裡吃飯算了。我說飯快做好了，你就等一等，吃完飯再走。爸拎起他的軍用背包，說不用啦，我走啦。那時，我的手裡正端著一碗湯，你的姐夫還沒有下班。

後來我才知道，那個傍晚，我們的父親曾經坐到姐姐家的餐桌邊。姐姐家的餐桌上擺滿飯菜，姐夫、陳州、我們的父親和姐姐都端端正正地坐到餐桌邊。大家的目光都落到姐姐的手上，姐姐正在用酒精棉球為筷子消毒。姐姐擦乾淨第一雙筷子，把它遞給姐夫。第二雙筷子，姐姐遞給陳州。第三雙筷子，姐姐自己留下。第四雙筷子，姐姐沒有擦酒精，她直接把它遞到父親面前。父親接過筷子，重重地拍了一下桌子，然後離開。

我暗自揣摩我們的父親離開姐姐家時的心情，我甚至想重走一下姐姐家與大哥家之間父親走過的路線。我們的父親離開姐姐家時已是黃昏，夜幕盤旋在他的頭頂上。他會選擇一條什麼樣的路徑，從姐姐家走到大哥家呢？最近的或是最漫長的？

跨進大哥的家門，大哥正在擦拭手槍。大哥看了看門框下站著的我，突然把手槍舉起來，對準我的胸膛。大哥是警察局局長，他經常把他的手槍指向他想指的目標。大哥的手槍在燈光之下發出幽藍的光。我說，大哥，是我，我是老三。大哥緩緩移動手臂，直把槍口對準他家的那一臺電視機才停住。大哥說，我想殺人。大哥的說話聲中夾雜著手槍的一聲空響，而電視螢幕上此刻正在播放一條各國領袖會談的新聞，已進入尾聲。

我說，大哥，你知不知道我們的父親失蹤了？大哥把他的頭埋在他的手掌裡，說，怎麼不知道？許多失蹤的人，包括那些被拐賣的婦女兒童，我都把他們找了回來，可是對於我們父親的失蹤我卻毫無頭緒。我說，父親是從你這裡失蹤的，你必須把他找回來。大哥不停地搖頭，搖得很勉強、很生硬，好像他的頭不是自然晃動，而是有兩隻手強行扳動似的。我問大哥，最後一次見我們的父親是什麼時候？大哥說，他記不清楚了。在大哥的印象中，我們的父親根本沒有來過他這裡。我想這不大可能，我們的父親不會無緣無故地從這個世界消失。

嫂子從洗手間裡走出來，她剛淋浴完。嫂子用手攏了攏她的頭髮，坐在大哥身邊，一股濃重的香味從她身上散發出來。

嫂子說，我們的父親曾經來過，大約是十天前。那時大哥不在家，我們的父親很晚了才敲開大哥家的門。嫂子問我們的父親吃過晚飯沒有？我們的父親說吃過了。我們的父親一邊說吃過了，一邊朝洗手間張望。我們的父親動了動嘴唇，對嫂子說老大他真的不在家？嫂子說真的不在。

我們的父親當時很失望，說他不在就算了，我上一下廁所。我們的父親衝進廁所，大約蹲了半個小時才從廁所裡走出來。嫂子說，我們的父親當時氣色很好。我們的父親並沒有在大哥家住下來，他說明天要趕早班車，今夜必須住到飯店裡。嫂子問他，明天要趕到哪裡去？我們的父親說他要去找我。他說，老三的老婆快要生小孩了，我去看看他們，順便帶兩套小孩的衣服給他們。嫂子說，我們的父親還把那兩套黃色的嬰兒衣服拿出來給她看，問她顏色好不好？適不適宜初生嬰兒穿戴？

我們的父親就這樣背著他的軍用背包，走進了夜色濃重的城市，走向了我們不知道的地方。

第二天中午，我坐在一家小吃店裡吃午飯。我拒絕了大哥、姐姐以及朋友們的邀請，獨自一人坐在小吃店裡。一個留著披肩長髮、穿著拖鞋的人走到我面前，叫了一聲叔叔。我抬起頭，認真地打量他。他的頭髮上沾滿塵土，衣服敞開著露出棕黑色的長毛的肚皮，嘴裡叼著一支香菸。他用右手的拇指和食指把菸從嘴裡拉出來，咧嘴一笑，說，你不認識我了，叔叔。他的笑使我想起遠在故鄉的一個遠房哥哥。我終於記起他來了，說，慶遠，你跑來這裡幹什麼？他說，工作。他說這話時，又把香菸塞進了嘴裡。

我讓他坐在我的對面，給他添了一個碗、一雙筷子。他說，叔叔，我想喝一杯白酒。我又叫服務生拿了一個杯子給他。我問他在這裡都做些什麼工作？他說，扛貨、卸貨、埋死人，只要有錢，什麼都幹。

電視劇《我們的父親》劇照

我告訴慶遠這次回來，是為了尋找我們的父親 —— 他的叔公。慶遠喝了一杯酒，脖子和臉全都紅起來了，似乎是想起什麼了。他說，十多天前，我埋過一個人，倒有點像叔公。我問他，從哪裡弄出去埋的，是誰叫他扛去埋的？他說，是從醫院的太平間扛出去的，那幾天天氣很熱，那個人已經發胖而且有一點發臭了。據醫院的人說，他是在街上摔死的，沒有家屬認領。我問他，不至於不認識叔公吧。他說，死人的身上裹著一床蓆子，直到把他丟進土坑的那一瞬間，我都還想打開蓆子看看那人的模樣，但他的氣味太重了，我最終沒有打開蓆子。我不知道他是叔公，是用腳把他踢進土坑裡的。埋到一半的時候，我發覺死人露出來的一隻腳上掛著一隻布鞋，那布鞋很像叔公平常穿的。

我把杯子裡的酒潑到慶遠的臉上，說，你為什麼不打開看一看？你為什麼這樣對待叔公？慶遠舉起雙手，在臉上抹來抹去，似乎是很委屈。慶遠說，我不確定他是叔公，我只是猜測。

我拉起慶遠，我們直奔醫院太平間。太平間的門敞開著，裡面煙霧繚繞，有幾縷斷斷續續的哭聲夾雜在煙霧裡。屋裡的燈光很暗，我站了好久才適應過來。我看見五六個年輕人相擁而哭，他們的親人躺在平臺上，上面蓋著一張潔白的床單。我走到平臺旁邊，揭開覆蓋死人的床單，看見死的是一位中年婦女而不是我們的父親。那些哭泣的人都把臉轉向我，他們哭泣的、悲傷的面孔變成了憤怒的面孔。

慶遠把我引向一個角落，我看見一隻軍用背包，我打開背包，終於看見我們父親的菸斗、菸絲以及兩套黃色的童裝。我用背包捂住臉，淚水奪眶而出。

我把我們父親的那隻軍用背包砸到姐夫的桌子上。姐夫的眼皮猛地跳了一下，身體隨之顫抖起來，一種悲傷的神情在姐夫的臉上停留了大約幾秒鐘。姐夫說，近一個月來，幾乎每天死一個，我怎麼知道摔死的是我的岳父？我說，你是院長，我們的父親就躺在你的太平間，躺在你的眼皮底下，你都不知道。我不知道我的姐姐當初怎麼選中了你？姐夫突然冷笑一聲，說，這與愛情無關。

看得出姐夫不想跟我爭論，他說，不就死了一個人嗎？在醫生們的眼裡，死岳父和死一個陌生人是同一回事。

我跟姐夫、慶遠趕到大哥的辦公室。大哥看見我的手裡提著我們父親的那隻背包，目光唰地拉直了。大哥奪過背包，說，出什麼事了？姐夫說，爸死了。大哥的牙齒咬住下嘴唇，咬了好久。但大哥沒有哭，眼眶裡沒有一點水分。姐夫說，爸是摔死的，你們警察局一定有紀錄。

大哥調來電話紀錄本，一頁一頁地往下翻。翻著翻著，大哥的手僵住不動了。我和姐夫湊到電話紀錄本上，看見了警察局一月十六日的電話紀錄。

電視劇《我們的父親》劇照

發話人：河西派出所付光輝

接話人：譚盾

內容：今夜八點四十分（二十點四十分），我在十字街口下坡處發現一摔倒的老人。當時圍觀者眾，我擠進人群後，看見一個踩著三輪車的中年男人把摔倒的老人抱上三輪車，並送往醫院。老人頭髮全白，身高一六五公分，身穿淺灰色襯衣，黑色褲子，腳上穿著一雙布鞋。半個小時後（二十一點十分），醫院打電話來，說該老人送到醫院時已斷氣，無法搶救，現在停在醫院太平間裡。老人隨手攜帶一隻軍用背包，內有一個菸斗、一小袋菸絲、兩套黃色嬰兒衣服。

主管簽字：請河西派出所派人到醫院拍照、驗屍，並以警察局名義發協尋通報。

東方紅

東方紅是我大哥的名字。這個響亮的名字是我們的父親為他取的。現在，他的名字彷彿簽到了我們父親的屍體上。

大哥的目光停在這一頁電話紀錄上，久久地沒有移開。大哥說，從這頁紀錄上看，怎麼也看不出是我們的父親。老三，如果你當警察局局長，你能從這百來個字上面，看出來是我們的父親嗎？大哥用一種哀求的目光看我。我一言不發。

星期天早上，我和姐夫、大哥以及慶遠抬著一口棺材上了郊外的後山坡。我們決定把我們父親的屍骨挖起來，裝進棺材裡，然後重新安葬。我慶幸這個小小的城市至今還未實行火葬，我們的父親因此而沒有那麼快變成土地的肥料。我們至少還可以看到我們父親的屍骨。

大約走了一個小時，我們來到埋葬我們父親的土堆邊。慶遠指著那一堆嶄新的黃土說，就在這裡面。

電視劇《我們的父親》劇照

我們小心翼翼地挖開泥土，都憋住氣等待我們的父親出現。可是，把那些鬆動的新泥挖完了，我們仍然看不到父親，土坑裡一無所有。我們用疑惑的目光盯住慶遠。慶遠左右上下看了看，堅定地說，是這裡，沒錯，是這裡，我是用腳把他踢到坑裡去的。慶遠說著，把頭撲到土坑裡，鼻子抽了抽。慶遠抓起一把泥土，茫然地站著，說，奇怪啦，我明明把叔公埋在這裡，怎麼就不見了呢？如果不是埋人，誰會來這裡挖這麼大一個土坑，又堆這麼大一堆黃泥呢？我們的雙腿突然軟下來，一個一個地坐在新翻的泥土上。四雙眼睛盯住那個土坑，誰也不想說話。我們似乎都在想同一個問題：我們的父親到哪裡去了？

〈我們的父親〉

——改編為《我們的父親》

〈雙份老趙〉

—— 即將改編為《雙份老趙》

〈雙份老趙〉
——即將改編為《雙份老趙》

老趙其實不老，「老」只是一個親切的稱呼，相當於「阿」。他長著二十多歲的頭髮、三十多歲的皮膚，卻具備了一百歲的智慧。自從識字那天起，他的臉上就出現了思考的表情。這種表情一直保持到現在，如果不小心辨認，還以為來自他父母的基因，但實際上卻是他勤於皺眉頭的結果。

七年前，小夏亭亭玉立，說漂亮有漂亮，說氣質有氣質，是某家銀行的職員。儘管追求她的男子排了長長一列，卻沒一個被她相中。原因是他們要麼長得太白，要麼顯得幼稚，無法給她一種踏實的感覺。直到老趙這張思考型的臉龐出現在窗前，她的心裡才「咯噔，咯噔」。一開始，老趙也不是來讓她「咯噔」的，而是來存款、提款。因為經常來，彼此由點頭到交談，漸漸地就混熟了。熟到差不多的時候，小夏勸老趙把錢全部存入銀行。老趙說：「不能把所有的雞蛋都放一個籃子裡，萬一沒拿穩，那就只剩下我這個蛋了，窮光蛋的蛋。」

這是排名數一數二的銀行，哪怕所有的銀行都倒閉了，也輪不到它倒閉。更何況老趙的那點錢就像滄海一粟，無論存進去或者提出來都不影響銀行的總量。小夏覺得他多慮，甚至認為他不信任自己。老趙說：「我可以信任一個人，但不可以信任一個集團。」而小夏偏偏把銀行業當作親爹，並用它來檢驗老趙的忠誠度。老趙問：「難道喝一口茶，連杯子也要一起吞下去嗎？」

小夏說：「公司就像我的衣裳，你不會只愛我的身體吧？」

老趙於是又存了一筆定存。小夏問他是不是把全部都存進來了？老趙氣得直打噴嚏，忍不住幫她上課：「就像一個人不能只有一個信仰，否則，委屈的時候你都找不到安慰的理由。一家人不會同時上一條賊船，也不會同時坐一架飛機。為什麼那麼多人要找乾爹？民間說法是保自己長命，而真正的原因卻是多個乾爹多條後路。」小夏被這劑猛藥嗆得連聲咳嗽。她終於踏實了，心像踩在水泥地板上那麼踏實。不過結婚之前，她還得考驗考驗老趙。

小夏打開地圖，指著最遠的地方 —— 麥哲倫海峽，說：「怎麼樣？」老趙說：「只要妳開心，下個月就去。」小夏感動了，手指在地圖上跳舞，舞著舞著，就舞到了夏威夷群島。她說：「我心疼錢，還是選近一點的地方吧。」老趙一拍桌子，整個太平洋都傾斜了。他說：「看不起人是不是？知道嗎，妳花誰的錢，誰就是走桃花運。」小夏的手指立即從夏威夷起飛，這回跳的是芭蕾。手指優雅地劃過高山，越過海洋，像兩隻白天鵝落在桂林的山頭。「就這吧。」小夏說。老趙被小夏變化的速度搞暈。他用一秒鐘倒了倒時差，說：「對我的錢包，請妳務必做到浪費光榮，節約可恥。」小夏笑了：「浪費你的，那不就等於透支我的未來嗎？」

最後，他們選擇了桂林西邊的一座山峰。那是個熱門景點，好多名人和有名字的人都去爬它。有位著名的董事長，每個季度都帶著一群記者去爬，每爬一次，公司的股票就連續漲停三天。老趙和小夏也想讓他們的感情股漲一漲，於是都跟公司請了假。登機之前，老趙為每人買了兩份保險。小夏看在眼裡，喜在心頭。她一坐上飛機，就把臉靠往老趙的肩膀，死心塌地做他的零件。漸漸地，靠的和被靠的部位都有些麻，但是，誰都捨不得動一動。他們只用一個姿勢就完成了一千多公里的飛行。

到了山下旅館，小夏驚呼：「糟糕，我只預訂了一間房。」老趙說：「難道還需要第二間嗎？」「當然，我是有原則的。」說這話時，小夏把嘴認真地噘起來，不像是反話正說。老趙問櫃檯還有沒有多餘的房間？服務生說：「房間都必須在十天前預定。」老趙雙手一攤，聳了聳肩膀，懇請服務生為他在走廊上加張床。服務生說：「不可以加在走廊上，但可以加在房間裡。」老趙像領到獎金那樣高興，扭過頭來徵求小夏的意見。小夏說：「我一緊張就會失眠，一失眠就沒力氣爬山。」老趙說：「出來就是想放鬆，妳先別緊張，千萬千萬別緊張……」

晚飯後，老趙跟著小夏進了房間。他們一個坐在椅子上，一個坐在床頭，面對面地聊了起來。老趙越聊越起勁，不僅語速加快，而且滿臉通紅，彷彿雄雞高唱，要這麼一直唱到天亮。但是，小夏卻聊得很不專心，她在為老趙今晚睡什麼地方而不停地分心。老趙說：「既然當時妳只訂一間房，那就說明妳早已預設同吃同住這一事實。」小夏搖頭，兩手緊緊地抱住自己的雙肩，忽地就縮小了，小得像隻螞蟻，讓老趙和她的距離頓時變得遙遠。老趙問：「難道妳真的不希望我住在這裡？」小夏的頭立刻變大，它毫不含糊地點了一下。老趙又問：「妳確定？」小夏連連點頭。凡事都問兩遍，這是老趙多年養成的習慣。他說了一聲「晚安」，便抬屁股，拉行李箱。小夏問他去哪？他說：「睡覺。」小夏說：「不是沒房間了嗎？」老趙說：「我就怕妳在關鍵的時候講原則，所以出發前也預訂了一間。」小夏驚訝得眼珠子都快掉了。她佩服老趙，甚至崇拜。

爬山的時候，每人只帶一瓶礦泉水。由於小夏沒經驗，每次飲水量明顯偏多。還沒爬到山的五分之一，她就把一瓶水全喝乾了。老趙告訴她，凡是有爬山經驗的人，只用水來潤潤喉嚨，絕不能牛飲。小夏責怪他為什麼不早說？老趙從包裡拿出另一瓶：「因為我早有準備。」爬到一處陡坡，小夏的手被帶刺的灌木劃破，裂開的傷口滲出血來。老趙趕緊從包裡拿出 OK 繃，封堵她的傷口。小夏說：「你想得真周到。」老趙說：「必須的。」

一路上老趙連扶帶拉，總算把小夏帶到了半山腰。到了這個高度，他們的視線就開闊了，野心也開始膨脹。看看周圍被比下去的山峰，小夏一高興，嚷著要爬到山頂。坡越來越陡，腳下打滑的次數越來越多。有時，他們的一隻腳上去了，另一隻腳卻滑下去老遠，彷彿要分裂身體，鬧「劈腿」。這樣劈的多次了，小夏的褲襠便「嗞」地一聲裂開了。「還名牌呢，這麼不經劈。」她發著牢騷，趕緊蹲下，一步也不敢移動。儘管小夏已多次領教老趙的細心與周到，但這一次她是再也不敢奢望了。萬萬沒想到，老趙竟然從背包裡拿出了針線。小夏一邊縫著褲襠，一邊想還有比他更可靠的男人嗎？沒有，絕對沒有。

電影《雙份老趙》劇照

當晚，小夏就叫老趙退掉另一間房。他們終於合併了。高興的事大都相同，這裡只說一件不高興的。臨近回程的前一天，他們到商店購物。老趙花了五千元為小夏買了一隻玉鐲。小夏當場把玉鐲戴到手腕上，頻頻搖晃，似乎要從上面搖出一首歌來。但是，沒等小夏高興完畢，老趙就偷偷地折回去，又買了一隻和她手腕上相似的鐲子，連價格都一樣。小夏想多買的那隻一定不是送給他親人的，否則他不會偷偷摸摸。那麼，只能說他還有見不得光的女友。小夏壓住心中的不快，計劃在回去半個月之後再審他。半個月的時間，他要是「見光死」，就會把鐲子送出去了。到那時……哼，即使他的腦子轉得比電腦還快，恐怕也很難狡辯吧。

旅遊歸來，老趙每三天就跟小夏提一次結婚，就像一個準時的鬧鐘。他一共鬧了五次，小夏便說：「坦白從寬，抗拒從嚴。你能不能先交代那隻鐲子？然後，再來跟我談婚姻。」老趙的臉紅得比閃電還快，彷彿偷東西被人當場拿下。小夏真的以為自己抓住了竊賊，心有餘悸地說：「差一點，我就嫁給你了，好險！」老趙額頭上的汗「噌噌噌」地往外冒。小夏像貓看老鼠那樣看著他，問：「是不是送給前女友了？」老趙抹了一把額頭汗，支支吾吾地說：「從頭到腳，我就這麼一點祕密，妳……能不能讓我留住？」小夏說：「要麼愛祕密，要麼愛我，A 或者 B，你只能二選一。」

老趙只好從櫃子裡拿出那隻玉鐲。小夏說：「天哪，你怎麼還沒送出去？速度也太慢了吧。」老趙說：「為什麼一定要送人？」小夏說：「難道就為了鎖在櫃子裡？」老趙說：「我是怕妳的那隻丟了，或者碎了，才又買了這隻。如果妳高興，一隻手戴一個，兩隻手戴，也可以同時漂亮。」小夏的背脊輕輕一顫，那是被感動的身體訊號，但她仍然強迫自己保持足夠的警惕，說：「你騙人。」老趙把櫃門敞開。小夏看見櫃子裡擺滿物品，有小時候用過的布娃娃，有中學、大學的畢業證書，有獎狀、郵票、相簿、行動硬碟、鑰匙、存摺、保險單、速效救心丸、相機和手錶等等。凡是櫃子裡的通通雙份，只有手錶是單身，因為另一隻正戴在老趙的手上。小夏頓時結巴。她說：「原……原來，你喜……歡收……藏。」老趙搖頭，說：「多年來，我像保護內褲一樣保護這個祕密，沒想到還是被妳撬開了。我擔心這些東西丟失，就多備了一份，這樣心裡踏實。」

還用得著考驗嗎？小夏心裡現在是雙倍的踏實。冬天，他們結了婚。由於老趙還保持著買雙份的習慣，所以他們經常要像資本家那樣，把多餘的牛奶或者食物倒掉。小夏看著白花花的液體，彷彿看到了乳牛和擠奶工人，甚至還想到了彎腰種豆的農民，心裡實在不忍，於是就咬牙喝下去。天天這麼喝雙份，吃雙份，她不僅口腔上火，還感到胃脹。一次，她稍微把嘴巴開大了一點，胃就撐得像個氣囊。她站也不舒服坐也不舒服，胃是越來越痛。老趙不得不把她送去急診。吃了藥，打了針，她的胃才慢慢好轉。胃一好，她就拍老趙的頭，說：「你想讓我胃下垂呀？我是來跟你生活的，什麼叫生活？不光是吃吃喝喝，還包括精神內容。我又沒兩個胃，你幹麼天天買雙份？你要是再這麼買下去，我就不讓你上床。」

老趙響亮地答應，果斷地執行。但習慣畢竟是習慣，它經常讓老趙情不自禁。有時回到樓下，老趙才發現自己犯錯。於是，他把多買的那份菜呀肉呀什麼的順手送人，也不管認不認識，人家願不願意，反正他見誰送誰。因為送得不合情合理，再加上他的動作有點神祕，人家還以為他想用小恩小惠勾引正經女子。一天傍晚，四下無人，老趙提著一堆菜站在凜冽的寒風中不敢上樓。忽然，他看見一個女的從門口走出來倒垃圾，便把多買的那份菜不分青紅皂白地塞過去。那人問：「什……麼意思？」他說：「幫幫忙，別讓我老婆知道。」那人一跺腳，說：「我就是你老婆。」老趙這時才看清，原來真是小夏，嚇得手裡的菜全撒在地上。

小夏跳腳拍牆，震怒。她沒收了老趙的薪水，取消了他的購物權。老趙一下就頹廢了，連幽默都存了定期。他衣來伸手，飯來張口，家務基本不做，每天就懂得感嘆：「還能有什麼作為？」小夏說：「你可以跑步。」老趙說：「反正又跑不過阿甘，跑步幹麼？」晚飯後，他躺在沙發上看電視。一個姿勢，十個夜晚，皮沙發上留下了他臀部和手肘的痕跡。小夏說：「你還想不想當爸？」他說：

「想呀，想得一聽到有人叫爸我都答應。」小夏說：「那還不趕快起來培育種子？」老趙一激動，從沙發上彈起來，發現還有一件人生大事沒完成，當晚就跑了兩公里。一連跑了幾天，老趙覺得不能光有良好的種子，還必須具備優質的土壤。於是，他把小夏拉出來一起跑。除了跑步，他們還打羽毛球、做伏地挺身、引體向上、冬泳、爬山、騎腳踏車，好像不是在為造人做準備，而是要參加奧運的全能比賽。

他們選好孩子未來的星座，掐準孩子將來入學的時間，然後倒推八個月，用發射火箭那樣的精準態度，鎖定一個夜晚。他們就要播種了！但是，當雙方的情緒都高漲難耐的時候，老趙忽然罷工，從床上坐起來。小夏說：「是不是要我付小費？」老趙說：「我不能只有一個孩子。」小夏說：「怎麼回事？」老趙說：「再準備準備，也許妳能懷上雙胞胎。」小夏說：「為什麼非得雙胞胎？」老趙說：「因為一個孩子太孤單，因為我不敢保證孩子將來不患絕症、不被誤診、不出車禍、不自然災害、不被誤傷、不被誤判、不被強拆……所以，我需要雙的。」小夏聽得背脊發涼，緊緊摟住老趙，說：「老公，我同意懷雙胞胎，但今晚你必須把該做的事做完。」老趙戴上一個套子，想想，又戴上一個。小夏說：「有必要同時穿兩雙襪子嗎？」老趙說：「誰敢保證戴一個不漏油？萬一碰上次級品，妳就沒懷上兩個的機會了。」除了繼續鍛鍊身體，小夏還定時服用藥物。資料顯示，那些藥物能促進排卵，增加激素，極可能為老趙同時提供兩個標靶。但是，人不勝天。一年後，他們的孩子出生，不是雙胞胎，而是一個非常漂亮的女孩。老趙和小夏愛得不行，即使孩子睡著也捨不得放到床上，而是輪流抱在懷裡。從此，老趙不再買雙份，而是盡量想辦法把一塊錢掰成兩塊錢來花。孩子猶如靈丹妙藥，一下就把老趙的習慣治好了。

電影《雙份老趙》劇照

就像房價似的，孩子一天一長大，天天長月月長，到她三歲的時候，原先可以買一間房子的錢只能買一個客廳了。小夏指著孩子問老趙：「你打算留給她點什麼？」老趙滿臉迷茫，說：「還沒到留遺囑的時候吧？」小夏說：「我是說房子，你能不能留一間房子給她？」老趙說：「我想買房，但錢不答應。」小夏攤開手掌伸過來，像是乞討。老趙的身子往後一閃，說：「我真的沒錢了。」小夏說：「不是還有一本存摺嗎？我在櫃子裡看見過的。」老趙說：「妳怎麼不按常理出牌？我現在已經不買雙份了，按理妳應該把存摺還我才是。」小夏說：「房價飛漲，我們再不整合資金，將來連一間廁所都買不起。」老趙像性飢渴的男女那樣不經勸，一眨眼就從包包裡拿出存摺。小夏把兩個人的四本存摺合起來，然後遞給老趙，說：「選一間吧，不夠的部分，到我們銀行去借貸。」老趙屁顛屁顛地選了一間新房子，立即請人裝修。新房的甲醛一放乾淨，他就拿到了一張出租合約。合約上的收入正好填補了借貸的窟窿。他們現在有收入，未來有投資，生活愜意，舉止優雅，誰都不說粗口話，更不會罵房價上漲。

一天，小夏在打掃房間的時候，發現老趙櫃子裡的物品全都變單數了，連那隻玉鐲也不見了。小夏問老趙：「難道它們有腳，自個出門旅遊去了？」老趙說：「為了買房，值錢的都賣了，不值錢的都丟了。」小夏將信將疑，趁老趙不在家翻箱倒櫃，尋找那些物品。越是找不到，她就越好奇越不服氣，甚至連當偵探的念頭都產生了。她把家裡的抽屜全都拉出來，倒扣，發現一串嶄新的鑰匙被透明膠帶黏貼在底板背部。為什麼要把鑰匙藏在這裡？顯然是不想讓我知道。為什麼不想讓我知道？一定是有祕密。小夏一把扯下鑰匙，反覆地看了一會，轉身衝出門去。

自從新房開始裝修，小夏就沒來過。她既是避甲醛，也是避噪音，更是因為照顧孩子沒有空閒。現在，她急火攻心地來了，鑰匙還沒插進鎖孔，魂已鑽進房間。或許是著急的緣故，第一下，她手裡的鑰匙沒把門扭開。她扭第二下，鎖頭不動。她真不希望鎖頭轉動！但是，第三下，就在她準備高興的時刻，門卻「噠」地一聲開了。客廳裡，所有的家具包括擺設，都和她家裡的一模一樣，連窗簾、地板的顏色和款式都與那邊的相同。不小心，她還以為自己來到了那個家。她踮起腳後跟，輕輕地走進來。鞋櫃一樣，冰箱一樣，廚櫃一樣，就連抽屜裡裝的東西也沒多大區別。次臥一樣，書房一樣。小夏打開書房裡的櫃子，看見從那邊消失的布娃娃、畢業證書、獎狀、郵票、相簿、行動硬碟、鑰匙、保險單、速效救心丸、相機和手錶等等，全都擺在這邊。原來，老趙偷偷摸摸地把家複製了。主臥的門關著。小夏來到門前，叮叮噹噹地選擇鑰匙。門忽地開了。小夏驚得一倒退，發現開門的竟是自己。天哪，她長得就像是我的親妹妹！她們相互打量，彷彿在照鏡子。照著照著，她們的目光都分別落在了對方的左手腕上。

二〇一〇年十月二十八日

〈雙份老趙〉

——即將改編為《雙份老趙》

附：《耳光響亮》劇照

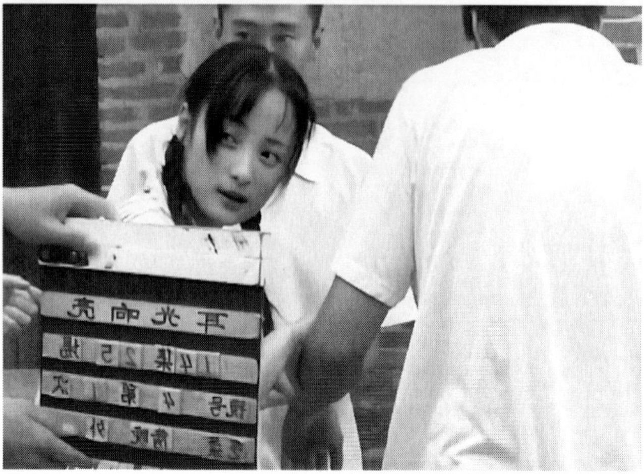
耳光响亮
1 4 集 2 5 场
镜号 4 第 1 次

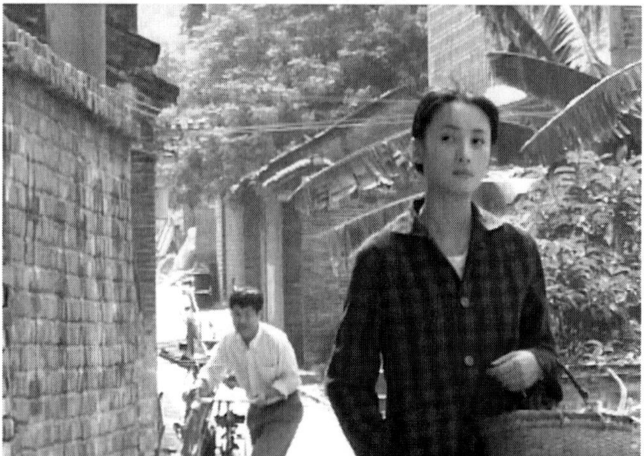

電視劇《響亮》劇照

電影《姐姐詞典》劇照

說明

本書劇照由以下公司提供：

廣西滿地樂影視文化有限公司、北京紫禁城影業公司、中國文聯音像出版社、河池電視臺、北京世紀喜訊文化發展有限公司。

本書所附劇照及演員排名不分先後。

電子書購買　　爽讀 APP

國家圖書館出版品預行編目資料

沒有語言的生活，魯迅文學獎得主精選中短篇集：他們的缺陷，嵌合成完整的拼圖 / 東西 著 . -- 第一版 . -- 臺北市：複刻文化事業有限公司 , 2025.02
面；　公分
POD 版
ISBN 978-626-7671-38-2(平裝)
857.63　　114001538

沒有語言的生活，魯迅文學獎得主精選中短篇集：他們的缺陷，嵌合成完整的拼圖

臉書

作　　者：東西
發 行 人：黃振庭
出 版 者：複刻文化事業有限公司
發 行 者：崧燁文化事業有限公司
E-mail：sonbookservice@gmail.com
粉 絲 頁：https://www.facebook.com/sonbookss/
網　　址：https://sonbook.net/
地　　址：台北市中正區重慶南路一段 61 號 8 樓
8F., No.61, Sec. 1, Chongqing S. Rd., Zhongzheng Dist., Taipei City 100, Taiwan
電　　話：(02) 2370-3310　　**傳　　真**：(02) 2388-1990
印　　刷：京峯數位服務有限公司
律師顧問：廣華律師事務所 張珮琦律師

定　　價：299 元
發行日期：2025 年 02 月第一版
◎本書以 POD 印製